A ALMA IMORAL

NILTON BONDER

A ALMA IMORAL

Traição e tradição através
dos tempos

ROCCO

Copyright © 1998, 2022 *by* Nilton Bonder

Design de capa e ilustração: Bruno Moura

Direitos desta edição reservados à
EDITORA ROCCO LTDA.
Rua Evaristo da Veiga, 65 – 11º andar
Passeio Corporate – Torre 1
20031-040 – Rio de Janeiro – RJ
Tel.: (21) 3525-2000 – Fax: (21) 3525-2001
rocco@rocco.com.br
www.rocco.com.br

Printed in Brazil/Impresso no Brasil

Preparação de originais
LENY CORDEIRO

CIP-Brasil. Catalogação na Publicação.
Sindicato Nacional dos Editores de Livros, RJ

B694a   Bonder, Nilton
A alma imoral : traição e tradição através dos tempos / Nilton Bonder. – [2. ed., ampl.]. – Rio de Janeiro : Rocco, 2022.

ISBN 978-65-5532-311-5
ISBN 978-65-5595-160-8 (e-book)

1. Alma – Judaísmo. 2. Pecado – Judaísmo. 3. Antropologia teológica – Judaísmo. I. Título.

22-79903   CDD: 296.32
                      CDU: 266.8

Meri Gleice Rodrigues de Souza – Bibliotecária – CRB-7/6439

O texto deste livro obedece às normas do
Acordo Ortográfico da Língua Portuguesa.

*Sempre fomos livres nas profundezas
de nosso coração, totalmente livres,
homens e mulheres.
Fomos escravos no mundo externo,
mas homens e mulheres livres em nossa alma e espírito.*

Maharal de Praga (1525-1609)

Prefácio

O TEXTO DE *A alma imoral* nasce das profundezas da espiritualidade.

O que é espiritual senão o reencontro com o material primal da existência? Seja o âmago que nos inspira ou a medula de nosso ente, o espiritual vem das entranhas e tem como função o ajuste entre o ser e o mundo. E como é matéria profunda, da essência, não é estranho que se manifeste por erupções. Cada transbordar de seu magma traz os calores e os vapores típicos do que se vinha cozinhando por algum tempo. E a característica desta lava é produzir o efeito imoral de golfar, despedaçando e derretendo padrões, práticas e costumes por onde avança.

Tais explosões não passam ao largo da experiência religiosa. Muito pelo contrário: são do rescaldo das erupções da alma que se cristalizam as tradições. Elas estão ali em torno da cratera, resfriadas e carbonizadas pela intensidade do evento, mas não desvinculadas dela e, mais cedo ou mais tarde, uma nova corrente virá recobri-las de um novo caldo primal.

Esse movimento de resfriamento produz placas de doutrinas e moral que escondem a instabilidade e a potência desse vulcão que é a vida. Sua latência e a pretensa firmeza fazem com que sobre elas se construam ideias e culturas irrefletidas da mutabilidade e impermanência do que está petrificado.

Ao escrever *A alma imoral*, eu sabia que tratava de algo de grande relevância e verdade na experiência humana. Vestir a alma de palavras sem diminuir sua ardência, seu fogo, e colocá-la no centro da experiência da vida era tarefa intrincada; fazê-la o epicentro das tradições e traições, ao mesmo tempo, uma missão ainda mais melindrosa.

A alma imoral seguiu seu fluxo cadente como o caudal de um magma, até que, nove anos depois, encontrou um corpo para se instalar e dar forma à performance teatral na silhueta vulcânica de Clarice Niskier. Com texto idêntico ao livro amoldado à anatomia de Clarice, *A alma imoral* se tornou um modelo de adaptação porque, sem desviar do texto, não temeu ser um livro declamado. Potências próprias da alma.

A alma imoral não é uma ode à desobediência e à transgressão, estes são apenas efeitos colaterais da mais pura autonomia. A alma é a energia motriz da existência, incondicional a este compromisso.

Ao celebrar um quarto de século como um texto vivo, fico satisfeito que tenha chegado e tocado tantas pessoas. De alma para alma, palavras que se fazem ouvir. De retornos ao texto e ao teatro, o desejo de rever não apenas ideias, mas reencontrar a sua própria alma: esta que sagramos ao percebê-la ali, viva e pulsante em nós, à espera de suas novas erupções transformadoras, revolucionárias e evolutivas. E desse novo cenário de novas camadas e de novos chãos, a possibilidade de emergir a presença e a sensação de ser.

Nilton Bonder

Sumário

Prefácio 7

I. A IMORALIDADE DA ALMA

Tradição e traição 21
A condição de traído 35
Modelos tradicionais de traição 43

II. LÓGICAS DA ALMA

Paz aos que vêm de longe 64
O longo caminho curto x o curto caminho longo 66
Sacrificar para quê? 68
Melhor a traição do que a fidelidade mentirosa 70
Transgressão e crescimento 74
Conterrâneos de alma 76
O corpo e a ausência de si 78
Satisfação e honestidade 89
A necessidade de transgredir 91

III. TRAIÇÃO JUDAICO-CRISTÃ

As primeiras traições 100
A salvação pela traição: linhagem messiânica 102
A produção da alma – um mutante 123
Messias – salvador ou criminoso 127

IV. O FUTURO DAS TRAIÇÕES
O indivíduo e sua alma 142

APÊNDICE FICCIONAL: A derradeira descoberta científica:
a alma imoral 147

I.
A IMORALIDADE
DA ALMA

O TÍTULO DESTE livro é uma reação ao título-conceito criado por Robert Wright em seu livro *Animal moral*. É, na verdade, um título instigado por desdobramentos da teoria de Darwin que deram origem à psicologia evolucionista, que compreende o corpo como o maior responsável por nossos hábitos e cultura. Em realidade, é tão crua sua leitura do comportamento humano que seria tolo a ela se opor. Ela nos põe a nu diante do mundo e revela uma dimensão animal inquestionável de nosso ser. E, diante de sua nudez, o animal humano consciente não tem como evitá-la sem com isso chamar mais ainda a atenção sobre ela. Adão e Eva, nossos antepassados animais mais próximos, se tornaram de uma nudez assustadora quando romperam com sua natureza primeva e se tornaram conscientes. Estavam tão nus que evidenciaram isto querendo cobrir-se com algo, ocultando aquilo que ficou óbvio e transparente. D'us reconhece a nudez de Adão na vergonha que Adão sente desta.

Não existe, na verdade, outro nu além daquele que se percebe nu. E grande é o paradoxo humano no qual não há humano que seja digno sem uma boa noção de si como nu e não há nada mais assustador à dignidade humana do que se perceber nu. Isso porque não se trata da nudez dos deuses, mas a de um mortal. Nudez que não se sustenta sob qualquer forma de naturalidade porque, por definição tanto bíblica como do bom-senso, não há nudez na natureza. O ser humano se fez o mais vestido e o mais nu dos animais. A psicologia evolucionista revela o desejo do corpo profundo – a reprodução. A história do homem contada por seu corpo revela um compromisso com o amadurecimento da capacitação reprodutora, o esforço para a execução dessa tarefa e, uma vez concluída, o descarte de todo o aparato biológico que a possibilitou. As milenares perguntas "de onde viemos?", "o que se espera de nós?" e "para onde vamos?" têm resposta no único mandamento que fazia sentido no Paraíso: "Crescei e multiplicai-vos." (Gên. 1:28) O jardim do Éden era recoberto da paz tão presente no cumprimento do inexorável.

Para Darwin, esse Éden ainda continua presente, infernizado pela consciência que tenta desesperadamente dar conta da nudez descoberta. Para a psicologia evolucionista, o corpo é o motivo fundamental de nossas ações e de nosso comportamento, que ocultamos nas vestimentas de nossos símbolos e cultura. Um corpo com moral cria um mundo de roupas que veste o nu. Mas o nu continua visível, mais talvez do que quando não era coberto por qualquer roupagem.

Os ensinamentos da psicologia evolucionista são tão importantes quanto a tautologia na experiência humana. Não a tautologia compreendida como um erro lógico que consiste em demonstrar uma tese repetindo-a com palavras diferentes, mas como a imprescindível redescoberta humana, em linguagem distinta, de algo já conhecido. Ou melhor, todos os grandes avanços no campo do pensamento do homem sobre si mesmo serão sempre dessa ordem: falar distintamente sobre o já sabido. Isso porque a sensibilidade humana é um dom ou uma limitação tão profunda em Darwin como o era no ser humano do passado. O que a psicologia evolucionista representa é uma forma moderna, científica, de falar da nudez descoberta. Porque Adão não descobriu a alma com sua consciência – ele descobre a nudez. A Bíblia e a psicologia evolucionista reconhecem que a experiência da consciência resulta em um animal moral.

Portanto, quando Darwin responsabiliza as diferenças anatômicas e fisiológicas dos gêneros sexuais pelos hábitos e contratos sociais de uma determinada época, não há o que contestar. E grande parte de nosso mundo fica assim explicada. O mundo é composto por homens e mulheres que buscam dar conta de seu mandamento maior – multiplicar e frutificar. Essa é a matriz que permite compreender a realidade social através da história.

Anatomicamente, para o homem, otimizar sua reprodução é conseguir fecundar quantas fêmeas lhe for possível; para a mulher, a reprodução é uma experiência única em seu ciclo ovulatório e a qualidade da fecundação, fundamental. Temos aí então organizada uma dança social que irá variar com elementos do meio ambiente, sejam econômicos ou de assentamento (urbano ou rural) ou qualquer outro. Daí derivam os hábitos do acasalamento, sejam eles originariamente poligâmicos – por conta dessa realidade combinada de mandamento de procriação e diferenças anatômicas entre homens e mulheres em sociedades nômades – ou monogâmicos, regulamentados por conta de novas condições sedentárias. As mulheres buscam o fecundador perfeito que lhes dará maior chance de procriar com sucesso, seja por critérios de força, saúde, inteligência, tradição cultural ou riqueza. Os homens, por sua vez, usufruem a benesse da monogamia, a partir da qual terão direito a uma mulher sem ter de enfrentar a cruel e destrutiva competição daqueles que, sendo mais dotados em qualquer dos critérios anteriores, poderiam tomar a si quantas mulheres quisessem. Para haver paz, em dadas condições de "oferta e demanda", cada sociedade (a cada geração) trataria de encontrar as melhores convenções sociais possíveis. A monogamia, por exemplo, impõe sacrifícios tanto ao homem – que não pode "moralmente" espalhar sua semente em muitas mulheres – como às mulheres, por terem de se conformar com a melhor semente disponível entre os homens "moralmente" descompromissados. A causa desse acordo de sacrifícios é possivelmente a otimização que as sociedades sedentárias e urbanas tiveram de empreender para assegurar melhores níveis de paz social.

A partir dessa concepção, homens buscam mulheres que buscam homens e que põem em prática suas táticas para compor o melhor resultado possível em sua missão de procriar. Oculto no desejo da procriação estão todos os olhares de verdadeira vida que furtivamente se entrelaçam nos emaranhados de uma cidade. No metrô, nas salas de trabalho e estudo, no restaurante, na igreja ou no funeral, os seres humanos se veem nus num contínuo cálculo de seus interesses e chances de arrebatar o gênero oposto, que lhes poderá dar o sentido de estar cumprindo os desígnios maiores de suas vidas. Esta é a proximidade maior da imortalidade que nos é permitida: estarmos executando nossas mais profundas ordens. Tão concreta é a possibilidade dessa imortalidade que ela se traduz fisicamente nos rebentos e sua mágica capacidade de estarem vivos quando não mais estivermos.

O ser humano nu sabe disso. Sabe também que, independente do ato concreto da procriação, o cortejar e a sedução nos impregnam do gosto da vida. Sabe que uma boa velhice é aquela que vive dos louros da vida não desperdiçada. Sabe que a frustração e a depressão são subprodutos do não cumprimento desses desígnios na medida adequada.

Não há nada de herético nessa visão. Adão e Eva estão nus e têm um mandamento a cumprir, que é feito tomando o homem à mulher e a mulher ao homem. A consciência traz a percepção do nu e o ser humano passa a ter uma condição de animal moral – um nu que se vê nu e por isso precisa se esconder dos outros e de si mesmo. Toda moral, toda tradição, toda religião e toda a lei são produtos do corpo moral, de um animal moral. E toda a sociedade está voltada para "vestir" a nudez do ser humano.

A compreensão bíblica, no entanto, difere da compreensão de Darwin ou da psicologia evolucionista, na inclusão de uma outra dimensão da missão animal além da procriação. É verdade que procriar é o único mandamento positivo – da ordem do "faça" – também para o texto bíblico. Mas neste existe uma outra dimensão da natureza humana que antecede a própria consciência – sua natureza transgressora. O ser humano é talvez a maior metáfora da própria evolução, cuja tarefa é transgredir algo estabelecido.

Antes mesmo de conhecer a consciência e de se perceber nu, ou seja, um animal moral, o ser humano deparou com uma dimensão de si capaz de transgredir e provavelmente projetada para isso. Essa dimensão, como muito bem aponta o texto bíblico, se origina na mais pura natureza animal (a cobra) e escolhe a mulher como o meio mais propício para plantar a semente da transgressão e repassá-la ao homem para que, juntos, transgredissem. Na verdade, essa parceria no processo de transgredir se inicia no próprio Criador, que implanta uma espécie de primeira consciência através de uma proibição. A distinção entre a visão da psicologia evolucionista e a perspectiva bíblica é que o mundo dos animais, o mundo dos corpos e anatomias, não só possuía um mandamento positivo no paraíso – multiplicar – como também um negativo – não se nutrir de determinada ramificação da própria natureza. É interessante notar que, quando o Criador comanda, está em Sua mais plena função de estabelecer diretrizes ao que cria; quando proíbe, no entanto, abre a porta para uma dimensão de cocriação. Admitir que é possível para a criatura fazer algo que não pode é chamá-la a criar junto, seja pela obediência ou pela transgressão. Perceba-se que mesmo a obediência ao que é proibido é distinta da obediência ao que é comandado. Obedecer ao proibido por opção é de ordem evolucionária, como também a transgressão.

Para a Bíblia, o ser humano – o animal de ponta – é conduzido por seu corpo e por traições a ele. Ele acolhe as demandas de seu corpo através do esforço moral para vestir o corpo nu e o animal nu, o que nada mais é do que o reconhecimento dos desígnios do corpo. Mas também banca sua dimensão transgressora e evolucionária. Esta dimensão na consciência não é moral, mas "imoral". Visa a romper, a errar, a desfazer, a trair. A partir da consciência, da proibição, da dimensão transgressora do animal, o comando de procriar criou tanto a "moral" como o "imoral" na civilização humana. A função maior deste livro é refletir sobre essa última dimensão que vamos tentar compreender como o verdadeiro sentido do conceito de "alma". A "alma", diferente da definição popular, seria nada mais do que o componente consciente da necessidade de evolução, a parcela de nós capaz de romper com os padrões e com a moral. Sua natureza seria, portanto, transgressora e "imoral", por não corroborar os interesses da moral.

Muitas vezes o texto bíblico é compreendido como se a "alma" fosse um corpo etéreo soprado por D'us no barro que formou o ser humano. Isso é apenas uma interpretação. Em nenhum momento o texto da criação afirma que o ser humano é possuidor de duas essências – uma física e uma imaterial. O que

D'us insufla nesse instante é a vida presente tanto na dimensão do cumprimento do corpo e suas necessidades vitais e de reprodução quanto em sua dimensão evolucionária. O que D'us sopra não é a "alma", mas a condição orgânica sobre a matéria. Para a Bíblia, não existe dualidade na essência do ser humano, mas sim a possibilidade da escolha – da obediência e da desobediência. Assim, por alma não devemos entender nenhuma outra ordem distinta do corpo. A necessidade de uma dualidade que gera o termo "alma" se encontra nessa capacidade humana de optar entre cumprir ou transgredir. A alma seria parte do corpo, sua parte transgressora. Seria este o nome que se busca dar à presença de um elemento evolucionário do próprio corpo que, por um lado, nos impõe uma conduta rígida e comprometida com sua forma de ser, mas que, de tanto em tanto, com maior ou menor importância, trai a si mesmo e se reconstrói.

Este livro é sobre essa alma. Alma que jamais representou o elemento moral e patrulhador dos bons costumes, que é, na verdade, representado pelos interesses do corpo, do verdadeiro e sagrado *establishment* – daquilo que deseja manter o que já é. Ao contrário, a alma é que representaria o elemento de nossas entranhas que nada mais faz do que trair esses interesses.

É muito provável que a codificação existente em nós, que nos impulsiona a trair o *establishment* do animal moral através da consciência, resida no reconhecimento de que esse mesmo corpo, com seus desígnios de reprodução, também nos mata. Afinal, este é o temor expresso no texto bíblico: o animal consciente, de posse da informação de sua mortalidade, pode querer ser imortal. Porque o corpo moral – o corpo que se reconhece nu e que passa também a buscar de forma consciente sua preservação – é profundamente mortal. Como a obediência pura e simples, ou a estagnação evolucionária, é também absolutamente mortal. Porque o homem de Neandertal poderia ter morrido e desaparecido não fosse sua evolução, seu rompimento com a integridade de seu corpo para cumprir com o destino que lhe deve ter sido profundamente penoso e "imoral" sua mutação e transformação. Só a alma transgressiva, só a traição evolucionária ao *establishment* do corpo e do corpo moral, resgata a verdadeira possibilidade de imortalidade. A imortalidade do animal se dá na reprodução e a moral cumpre o papel de proteger esta imortalidade na esfera da consciência; já a imortalidade pela transgressão se dá na evolução, e a alma imoral cumpre o papel de proteger esta imortalidade na esfera da consciência.

Este livro busca refletir sobre a imprescindível imoralidade da alma – sobre seu constante questionamento e crítica à moral do corpo como sendo necessariamente a melhor forma de representar nossos interesses. Busca resgatar nos ensinamentos da tradição judaica o conhecimento de que a verdadeira alma é transgressora. Essa imoralidade, que muitas vezes ameaça contundentemente o corpo, é o lugar onde o ser humano briga com seu D'us e dessa contenda se inventa o novo homem – o homem de agora.

Tradição e traição

"TRADIÇÃO" E "TRAIÇÃO" são duas palavras de escrita e fonética tão semelhantes em nossa língua quanto o são interligadas em seu significado mais profundo. Tradição é a palavra que veio representar a tarefa do próprio instinto assumida pela consciência humana. Preservar-se como espécie, na dimensão da consciência, é estar atento aos ensinamentos sociais que se preocupam com a preservação do desígnio e sentido maior de nossa existência – a reprodução. São três as principais áreas que compõem a tradição: 1) a família como estrutura artisticamente moldada para melhor atender aos interesses reprodutivos em determinado contexto socioeconômico; 2) os contratos sociais fundamentais para a manutenção de uma convivência que propicie as melhores condições de preservação da vida e sua reprodução, e 3) as crenças engendradas para oferecer respaldo teórico e ideológico à preservação. O animal moral tem na tradição um instrumento fundamental para sua preservação.

O surgimento do fundamentalismo em nossos tempos é com certeza uma reação legítima a um mundo que quer mudar o eixo do desígnio coletivo para o do indivíduo. Consumir em vez de reproduzir é dar maior ênfase ao meio reprodutor do que ao fim reprodutivo. É priorizar o presente em detrimento do futuro. É poluir mais do que conservar. É, em suma, ameaçar um animal e com isso o ter acuado com toda agressividade e desespero de tal condição.

Por outro lado, a traição é da ordem da transcendência. Abraão trai seu pai e sua cultura para estabelecer-se numa "terra que é sua": as grandes traições se expressam na relação familiar, nos contratos sociais rompidos e nas "heresias" que desafiam as crenças da tradição. O próprio texto bíblico é composto de estranhas transgressões em meio a tantas assertivas de cumprimento à lei. O direito dos primogênitos na sucessão do pai no clã bíblico – verdadeira obsessão do texto – é, de episódio em episódio, preterido pelo direito do filho menor. Isaque transgride Ismael, Jacó transgride Esaú, Raquel transgride Lia e José transgride Judá. Nestes casos, não se trata de não se cumprir a lei, mas de transgredi-la, na medida em que o texto legitima tais atitudes e rende, na ausência de repreensão, sua conivência.

Transgredir é transcender, e nossa história não teria mártires no campo político, científico, religioso, cultural e artístico caso fosse possível transcender sem colocar em risco a sobrevivência da espécie. Mesmo a sede de poder, por nós apontada como grande vilã e impedimento para um mundo idealizado, não é tão aterradora para a tradição como a traição pela transcendência. Se por sede de poder alguém rompe com o senso comum da melhor ordem para a preservação e reprodução de nossa espécie, é um fora da lei. O traidor, por sua vez, é um transgressor. Ele propõe outra lei e outra realidade. Se alguém rompe com uma estrutura tradicional de família, se pode ser caracterizado como um perverso, este tem seu lugar garantido na sociedade. Ele é o que não se deve fazer. Ele tem uma função importante e terá suas regalias asseguradas enquanto assumir a condição de errado. Tal condição é particular e toda sociedade tem espaço para um certo número de casos. No entanto, se o rompimento com a estrutura familiar é acompanhado de um desejo de legitimação dessa conduta, esse indivíduo é inaceitável e um bom candidato ao martírio.

O mártir é o que morre por todos nós. Sua transcendência inaceitável – e que não toleraríamos se fosse expressa na realidade de nosso cotidiano – é, ao mesmo tempo, um monumento à nossa possível imortalidade. Este é, na verdade, o conceito messiânico que busca criar um modelo tão poderoso quanto o de D'us – um emissário de D'us que é Ele mesmo que venha a expressar o mandamento de transgredir de forma tão determinada e rígida como o de reproduzir. O Messias* é o símbolo, na dimensão da consciência, da determinação evolucionária animal contida em seu próprio código genético. É preciso errar, infringir, violar e transgredir o *status quo* para que possa haver uma transcendência desejada pela própria tradição traída.

Da mesma forma que a tradição precisa da traição, que a preservação precisa da evolução, que o acerto de hoje dependeu do erro de ontem, o contrário também é verdadeiro. Porque a evolução só é possível quando existe uma manifestação para ser contestada, aviltada.

É óbvio que transgredir não é da ordem do positivo absoluto e todos sabemos que o herege de ontem é a possível mutação e evolução de hoje, mas pode também ser o câncer do dia. O animal de todos nós tem compromisso absoluto com a preservação, seja ela obtida através do ato de preservar ou de mudar. O pro-

---

* Messias (*Mashiach*) significa "o ungido". Trata-se de crença da religião judaica na qual um descendente da família do rei Davi assumiria o trono de Judá, resgatando-lhe a mesma glória dos dias de seu reinado. Com o passar do tempo, tornou-se a crença em um "líder" que viria redimir o povo de sua condição oprimida e traria prosperidade. Como personagem mítico, o Mashiach se transformou no representante divino que viria extinguir a miséria e a injustiça, estabelecendo uma nova sociedade.

blema, no entanto, está no fato de que é impossível mudar sem se expor ao erro absoluto. Muitas evoluções tiveram, ao longo do tempo, o "simples" custo do próprio desaparecimento. Mas o movimento é inexorável. A mutação é imperativa para a continuidade e ela jamais ocorrerá sem a tensão inerente ao fato de que o caminho da saúde poderá ser, na realidade, o da doença. O transgressor tem muito medo dessa percepção. Ele precisa da tradição e dos tradicionalistas para permitir suas incursões em determinado inferno ou paraíso.

O tradicionalista se apavora ao ver contrariada uma de suas máximas preferidas: sim, mexemos em time que está ganhando! Nosso desejo de criar uma condição perfeita para executar a tarefa de nos preservar é o medo do Gênese de que o ser humano queira construir fora do Éden o seu próprio Éden, onde todos os aspectos do jardim original sejam reproduzidos, com exceção de um: a possibilidade da transgressão. Triste o nosso destino de depender continuamente do transgressor. O Messias que anuncia sua chegada será sempre mártir mesmo nas mãos dos transgressores. Isso porque, ao chegar, este se transformará de rei dos transgressores em rei dos tradicionalistas. Os transgressores não querem um senhor tradicional, nem os tradicionalistas um senhor transgressor. O Messias é o sonho, somente representado por todo aquele que é o transgressor adorado, imediatamente devorado, para que este mundo não seja nem apenas da ordem do de temos que fazer nem do que não devemos fazer. Não haverá tradição sem traição, nem traição sem tradição, como não pode haver integridade do animal sem evolução, nem evolução sem integridade do animal.

IDENTIFICANDO A ALMA IMORAL

A fundação da alma acontece no discurso espiritual. Este reconhece que a experiência profunda da existência gera duas forças opostas que, paradoxalmente, se complementam. São essas duas forças que melhor equipam o ser humano para a tarefa de autodefinição. Em realidade, nossa compreensão de nós mesmos é de que somos produto de uma tensão. Para expressá-la, cunharam-se os conceitos de corpo e alma.

O corpo seria uma espécie de antônimo da alma, um representando a materialidade e suas necessidades e o outro, a imaterialidade e suas necessidades. É na definição dessa "materialidade" que se processa a má compreensão do que é corpo e do que é alma. O corpo é o produto, em determinado momento, de um passado. Seu maior interesse é a preservação, não apenas entendida como a manutenção do funcionamento orgânico, mas como o apego, a forma que "gosta de si" e que momentaneamente percebe a imortalidade como a possibilidade de manutenção eterna. Já a alma é uma demanda desse corpo, inerente a ele mesmo, que vem desde o futuro. O potencial desse corpo no futuro ameaça o *status quo* do corpo e o seduz pela promessa de uma imortalidade a ser conseguida na melhor moldagem e adaptação desse corpo.

O que nossa consciência apreende são esses dois desejos profundos do ser humano – entregar-se ao prazer de ser e ao de estar sendo. É verdade que a alma produz um desejo complexo – imortalizar-se por transformação –, o que implica que o que será imortalizado não é o que em dado instante se percebe como corpo. A "alma" nos imortaliza com uma pequena ressalva: não é exatamente "a nós" que perpetua, mas nossa modificação.

Essa é a tragédia das experiências espirituais do ser humano. Todo esforço por produzir a compreensão de uma "alma", do desejo de imortalizar-se pela transformação de si mesmo, acaba voltando para uma definição do próprio corpo. Por isso, para muitos a alma é a avalista da moralidade, visando a proteger o corpo das ameaças da transgressão a que este está exposto. É a alma que zela então pela tradição, quando na verdade sua concepção no imaginário humano era de que viesse a ser a guardiã da traição e da evolução. Por terem muitas vezes privilegiado o desejo de preservação, as tradições preferiram eleger o corpo como inimigo a enfrentar a "alma", a verdadeira responsável pelos rompimentos e transgressões.

Essa inversão será o objeto de interesse deste texto, por se processar não apenas nas tradições coletivas, mas também na esfera do indivíduo. É ela que transformará o traído em traidor; e o traidor, em traído. O traído será visto como a polaridade da acomodação e, portanto, um traidor da alma; enquanto o traidor, opção pelo rompimento, ou seja, um fiel cavaleiro da alma.

A psicologia evolucionista aponta o corpo como o gerador da moralidade. É justamente para dar conta de seus interesses de preservação que a moralidade é engendrada. Esta moralidade é oposta às forças transgressoras da alma. Assim, a alma vive do que a sociedade reconhece como "imoral".

Não se trata de um nó satânico em nossas percepções, mas da própria dificuldade que temos, no dia a dia, de legitimar ações como sendo absolutamente positivas ou negativas. Ousaria dizer que tudo que é positivo para a vida é o que não se dissimula. O interesse do corpo que se dissimula em interesse da alma e o interesse da alma que se dissimula em interesse do corpo – eis aí o que é negativo para a vida.

É fundamental percebermos a natureza intrínseca de toda a experiência espiritual como a tensão constante entre duas preocupações diametralmente opostas – preservar e trair. Em realidade, a verdadeira experiência espiritual se nutre do presente instante que suporta as tensões da experiência do passado – a ser preservado – e do futuro – a ser construído a partir da traição. A importância do presente está na responsabilidade que temos de honrar o passado e o futuro, numa medida artisticamente concebida de honrar compromissos e rompimentos.

DISCERNINDO QUESTÕES DO CORPO E DA ALMA

As leis e o cumprimento do estabelecido representam o território do corpo. A lei inexorável da reprodução é a própria definição do corpo. A alma, por sua vez, é a desobediência, como o ato de comer o fruto da árvore proibida. No entanto, a tradição judaica não aponta essa atitude como sendo um pecado inicial, mas como a primeira desobediência registrada na consciência humana. Adão e Eva eram, até a realização dessa desobediência, macacos. Sua transformação em seres humanos e o advento da consciência se dão quando desobedecem. No entanto, essa rebeldia respeita naturezas muito profundas e sutis. É uma desobediência que respeita, e este é um conceito muito importante.

Existem duas formas de honrar naturezas que valem para todos os seres vivos, mas que para o ser humano se fazem conscientes. A diferença humana é estar consciente não apenas de seu corpo, mas de sua alma, de suas leis e de suas desobediências. É possível obedecer e desrespeitar e também desobedecer e respeitar. Estas duas possibilidades, na consciência humana, permitem a concepção da alma. Pois é a alma que identifica, para além dos interesses do corpo, tanto as desobediências que respeitam como as obediências que desrespeitam. A luta milenar entre a letra da lei e o espírito da lei são campo de batalha de duas percepções humanas plenamente legítimas. A letra da lei responde pelo corpo; o espírito da lei, pela alma. A última visa a provar que a desobediência da lei muitas vezes é uma opção mais próxima da lei do que a própria lei. O Talmud, os tratados enciclopédicos da lei judaica criados com a declarada intenção de garantir a preservação de um grupo ameaçado, respondendo, portanto, a necessidades do corpo, não se furta a reconhecer que o elemento transgressivo é parte fundamental de qualquer estrutura que responda pelos interesses humanos. Afirma-se no Tratado de Menachot (p. 99a) em nome do rabi Shimon ben Lakish: "A preservação da lei é, em várias ocasiões, obtida através do rompimento com a lei e a ab-rogação da mesma." Esta frase de grande teor subversivo, normalmente escondida por grupos mais reacionários, está na verdade difundida por toda a obra. Seu grande valor, que chegou até nossos dias, é a aparente tensão mantida entre a busca profunda do significado literal da lei e as implicações que a transgressão de qualquer literalidade implica. Esta é a razão de o Talmud ser escrito sob a forma de discordâncias. No texto, as discordâncias não são apenas registradas e perpetuadas, mas também se declara a crença de que talvez não estejam erradas para sempre. A inadequação ou a incorreção podem ser provisórias e, mais do que isso, estas mesmas incorreções rendem legitimidade a uma lei (a uma dada compreensão da lei), ao retirar-lhe a pesada incumbência de ser uma resposta ou condição absoluta e eterna.

A famosa "opinião da minoria" que caracterizou o Talmud – através do registro também da opinião em dissensão além daquela que se consagrou como lei – não é produto de uma mentalidade democrática, como muitos imaginam. A ênfase do passado não estava no direito à opinião, já que as questões políticas e sociais não compreendiam a realidade a partir dessa perspectiva. A ênfase estava no fato de que tudo que é apropriado é gerado de tensão. A lei, o privilégio concedido a determinada compreensão do que é certo, só se faz legítima na medida em que, dadas as condições necessárias, sua preservação possa até mesmo ser mantida através de sua desobediência. Toda lei só é legítima se encerrar um interesse que não seja o de manter a si, a seu corpo, intacto; mas o de expressar declaradamente a preferência por desobedecer (se isso vier a significar respeito) em detrimento de obedecer (se isso representar desrespeito).

A lei "não matarás" não é legítima se em algum momento "matar" ou transgredi-la não puder melhor traduzir o respeito à vida. A natureza exemplifica isso a cada instante. Podemos querer expressar, por exemplo, que em nossa sociedade e civilização a pena capital não representa a melhor forma de santificar a vida. É absolutamente ingênuo, porém, achar que matar não pode representar melhor o desejo de "não matarás" do que o próprio "não matar" em determinadas condições. Novamente, uma sociedade pode optar por um símbolo, que é o de excluir a pena capital. Ela estará, todavia, apenas optando por uma mensagem. Na realidade, a vida prosseguirá expressando a transgressividade de qualquer lei diante da moral de qualquer grupo, tempo ou lugar.

Toda lei que não deixa em aberto a possibilidade de sua execução, justamente por sua desobediência, é uma arbitrariedade. Uma curiosa postulação do Talmud enfatiza este conceito através da desqualificação da unanimidade. O que à mente moderna e democrática pareceria um modelo é percebido pelo Talmud como um desastre potencial para os interesses humanos.

Segundo o Tratado de Sanhedrin, em casos de julgamento de penas capitais – quando se faziam necessários 23 juízes –, caso houvesse unanimidade na condenação do réu, o julgamento era desqualificado e este liberado. O sentido de tal lei, expressão da alma e obviamente subversiva, é a desconfiança de que um processo possa ser tão bem conduzido que não paire qualquer dúvida quanto a uma leitura diferente da situação. A unanimidade expressa uma acomodação à verdade absoluta que é insuportável à vida e que tem grande potencial destrutivo. É a alma que detecta isso, são seus interesses que ficam prejudicados nessa unanimidade. A opinião pública, os dogmas, as convenções, a moralidade e as tradições podem muitas vezes querer representar uma "unanimidade" que os desqualifica como determinadores do que é justo, saudável ou construtivo.

O CERTO QUE É ERRADO
E O ERRADO QUE É CERTO

Para tudo que é compreendido como certo há, em determinadas circunstâncias, uma conduta errada que pode representá-lo melhor do que a aparentemente correta. Foi isso que acabamos de dizer e que pode ser levado a qualquer extremo e continuará se mostrando verdadeiro. Há uma colocação chassídica (*Ten Rungs*, p. 85) em que até mesmo o primeiro e mais contundente mandamento – acreditar em D'us – pode ser positivo quando desobedecido.

Este ensinamento primeiramente afirma: "Não há nada na experiência do ser humano que não tenha sido criado sem uma utilidade." Então vem a pergunta: "E para que serviria a atitude daqueles que negam a existência de D'us?" Aqui temos

uma questão que poderia ser traduzida da seguinte forma: "Há alguma transgressão à crença em D'us que seja, em algumas condições, mais construtiva do que a própria manutenção desta crença?" O ensinamento conclui: "Se uma pessoa carente pede auxílio a alguém que crê em D'us, este pode fazer uso de palavras piedosas como – 'tenha fé e deixe tudo nas mãos de D'us'. No entanto, aquele que não crê tem de agir como se não houvesse ninguém mais no mundo a quem esta pessoa pudesse recorrer e, portanto, sente-se compelido a ajudá-la."
O fato de não se crer em D'us pode produzir o efeito de se acreditar em D'us. Podemos obviamente alegar que a verdadeira crença em D'us deveria induzir à ajuda, e assim continua sendo. Porém, aquele que na desobediência do mandamento se sente responsabilizado pelo mundo pode, em várias situações, estar mais bem equipado do que o que crê. Não há qualquer possibilidade de existência de uma diretriz que não possa ser cumprida justamente pelo descumprimento.

Um dos incríveis conceitos que os rabinos criaram no processo de compreensão do comportamento humano é o de *mar'it ha-ain* – o olhar dos olhos. Este conceito trata de situações corriqueiras, em que um indivíduo pode estar fazendo algo totalmente lícito, mas que leva outros a achar que é ilícito. Uma questão sobre a observância das regras dietéticas na tradição judaica era utilizada para exemplificar esse conceito. Levando-se em conta que para esta tradição a mistura de alimentos de carne e de leite numa mesma refeição é proibida, pergunta-se: acaso seria permitido comer um cheeseburger vegetariano em público? Aparentemente não haveria qualquer problema em fazê-lo. Se não há carne de verdade envolvida, por tratar-se de carne de soja ou similar, não se estaria transgredindo este preceito.

Os rabinos, no entanto, decidiram que esse "cheeseburger" não é permitido (não é *kasher*) por conta de *mar'it ha-ain* – do olhar dos olhos. Não importa que não haja indício de carne no sanduíche ou que não se venha a determinar qualquer mistura proibida de carne e leite, mesmo assim, este não pode ser consumido. O sanduíche deixou de ser permitido, pois a condição de errado se apropriou da condição de certo.

O que os rabinos desejavam enfatizar é que, em espaços públicos, a interação com os demais tem influência na determinação do que é certo ou errado. Afinal, o certo e o errado são sempre situações relativas e não absolutas. Para alguém que não sabe que a carne é vegetal, esse sanduíche induziria a pensar que a lei estaria sendo rompida, que não seria verdade.

Um dos textos citados para mostrar a validade dessa interpretação é do livro de Números (32:22), quando D'us instrui Moisés a prestar contas de suas finanças ao povo dizendo: "Deverás estar puro diante de D'us e de Israel." Não basta portanto estar puro, em ordem com D'us, ou de forma absoluta, é ainda necessário que se esteja prestando atenção ao mundo.

Além de estarem definindo limites para a conduta humana na esfera social, os textos também postulavam que o correto e o lícito somente o são em determinado contexto. Não importa que as convenções não tenham sido rompidas, o olhar da sociedade ludibriada rende essa condição, que se torna legítima.

Resta uma pergunta: se aquilo que é intrinsecamente correto pode assumir o status de um equívoco, seria possível imaginar situações sociais em que o intrinsecamente equivocado pudesse ser levado à condição de acerto? É claro que sim – estas são as situações da alma, em que não basta estar em dia com o olhar dos outros se não se está "puro diante do Absoluto". Conta-se que uma senhora muito pobre veio até um rabino com uma pergunta: como não tinha dinheiro para honrar o *shabat* (o ritual do sábado) como gostaria, desejava saber se deveria dar prioridade a comprar velas ou pães especiais do sábado *(chalot)*. O rabino pesquisou a questão nos livros e chegou à seguinte conclusão: no caso de ter de optar entre um e outro, ela deveria comprar velas, pois estas eram utilizadas ritualmente antes dos pães e, portanto, por sua precedência, teriam a preferência. Segundo a lenda, uma voz dos céus imediatamente repreendeu o rabino, cobrando-lhe mais sabedoria. É claro, exigiam os céus, que deveria comprar os pães. Estes teriam também o valor alimentício do qual uma pessoa pobre como essa senhora poderia se beneficiar. O "errado" assumira a dimensão do "certo".

A reversão de tais situações de *mar'it ha-ain* é extremamente difícil, pois pressupõe realmente romper com convenções e leis. Quando isso acontece, ficamos estética e culturalmente afrontados. Afinal, "o olhar dos olhos" não enxerga a essência, somente a forma. De tal maneira que aquilo que não enxergam – que o sanduíche nada tem de errado por exemplo – pouco importa diante daquilo que enxergam. O que também é válido para os rompimentos que, em essência, são melhor preservação da forma do que a própria forma. Mas os olhos não veem e por isso se chocam.

Compreender um conceito ao contrário – o que o olhar não olha é a verdadeira obediência propiciada pelo desvio – é fotografar a alma.

Em resumo, estamos reformulando os conceitos de corpo e alma. Segundo essa nova definição, o pecado original não foi uma tentação do corpo, como a leitura cristã nos quer fazer acreditar. Adão e Eva foram tentados pela alma para cumprir com seu desígnio de desobedientes. O corpo não tinha outro desejo além do mandamento de procriar no território do Éden.

Expulso por sua outra natureza – a que trai –, o corpo foi empurrado para outro território pela alma. Para sobreviver nesse outro lugar que não era seu hábitat natural, o corpo desenvolveu uma proteção conhecida como moral. Essa proteção lhe criou roupas para cobrir sua nudez, fez do parir e da morte uma consciência e inventou a moral. Toda vez que o corpo insiste em recriar o Éden, onde apenas seu desejo componha a realidade, ataca a alma por sua imoralidade. No Éden, onde havia um mandamento único a ser obedecido, a imortalidade estava na reprodução. Neste novo território, onde o corpo se descobre mortal, a alma faz-se imprescindível a ele – é sua única porção imortal. A imortalidade da alma está no fato de estar comprometida com alternativas fora do corpo, até mesmo considerando em dado momento abrir mão deste em prol de algo que possa considerar mais apropriado.

A condição de traído

LEVANDO EM CONTA que o ser humano é a tensão entre a preservação e a transgressão, entre o corpo e a alma, duas formas profundas de desvios podem ocorrer: o apego e a traição. O apego fere a alma da mesma forma que a traição fere o corpo. Ambas as exacerbações ou desequilíbrios geram violências. A violência à alma é contra a própria vida e responde pela depressão; ao corpo, por sua vez, se expressa contra o mundo externo, no ódio e na vingança.

O apego ameaça e violenta a integridade de um ser humano da mesma maneira que uma traição. Somos capazes de medir a última, mas poucas vezes nos damos conta da violência que impomos à nossa alma. É, porém, entre esses dois estados de desequilíbrio que residem nossas grandes dificuldades na vida. E o mais fantástico é que eles estão sempre juntos.

Não existe experiência de traição que não venha acompanhada de apego. Na verdade, é nessa dinâmica que devemos manter nossa atenção. Quando um indivíduo ou mesmo indivíduos que mantêm relações afetivas fazem movimentos transgressivos movidos pela alma, são imediatamente confrontados com movimentos de apego pelo corpo.

Observemos um casal que vive uma relação de casamento. O desequilíbrio maior surge quando um dos dois dá um passo à frente em direção à sua vida. Esse passo, que é muito transgressivo em relação à sua situação acomodada, deveria gerar um passo também do cônjuge. Se isso acontecesse, ambos estariam equilibrados e sua dinâmica seria natural. No entanto, o que mais acontece como reação a um passo à frente é que o outro dá um passo para trás. O desequilíbrio então se estabelece e uma situação não dinâmica atravanca o processo vital.

A maioria dos casamentos termina pela recorrência desse ato reflexo. Quando um cônjuge esboça transformações em sua pessoa, implicando transformações na relação, o outro muitas vezes cobra justamente os compromissos assumidos, dando um passo para trás. Não reconhece que seus direitos de apego não têm o menor valor numa relação em que o compromisso explícito é o relacionamento. Se, numa relação, alguém se modifica, o pacto é este: todos devem se colocar em movimento. A reação de dar um passo para trás – expondo carências, coletando justificativas ou evocando direitos – é um apego que, em si, é a maior das traições ao sonho assumido em pacto. Para a alma, é o apego que representa a traição. "Traí para não trair" – muitos traidores terão dito isto sem grande compreensão de seus traídos no passado.

É interessante que, na experiência da alma, não são raros os depoimentos que falam do abandono de tradições religiosas, ou de áreas de trabalho ou de paixões como atitudes que, motivadas por absoluto amor e respeito, optam por trair para não trair.

Em tempos bíblicos, existia uma prática pela qual determinados indivíduos eram declarados "impuros" e por isso precisavam "sair do acampamento". Para a mente moderna, impuro é sinônimo de ímpio, sujo. Na verdade, o impuro era o indivíduo que não conseguia mais participar do jogo da vida, o que em verdade representava o apegado e o traído. O enlutado é, por exemplo, uma condição que oscila entre o desespero do apego e o desespero da traição. A angústia de não mais ter e a inconformidade de sentir-se abandonado pela vida geram depressão e revolta. Essas pessoas não podem permanecer no acampamento. Elas devem retirar-se até que possam retornar, conscientes de que estão reingressando na tensão da vida entre a preservação do corpo e a transgressão da alma. Sair do acampamento era uma técnica terapêutica e de conscientização da fragilidade de um indivíduo que não conseguia se nutrir das forças motrizes da vida, que são a preservação e sua transgressão.

O traído é, em realidade, uma subdivisão do enlutado. Sua condição talvez seja a mais perversa das condições de luto. O traído sente no corpo a dor da transgressão e na alma a dor de seu apego. Porque todo traído é, sem dúvida, alguém que peca pelo apego. Em realidade, por definição, uma pessoa só pode se sentir traída se está às voltas com dificuldades de excesso de apego.

AS DOENÇAS HUMANAS

Um dos resumos mais sucintos do objetivo da Bíblia, ou seja, da razão da Revelação de D'us a suas criaturas, pode ser encontrado no livro de Deuteronômio (12:28): "Guarda e cumpre todos estes ensinamentos, para que seja bem para ti e para teus filhos depois de ti, porquanto farás o que é bom e é direito aos olhos do Criador."

Este versículo aborda a questão do sentido da existência de uma forma semelhante à de Darwin. Afinal, a psicologia evolucionista busca compreender a razão maior da existência humana para então poder responder o que é o bem-estar para um ser humano. Isso porque entende que o próprio cumprimento de seus desígnios é o que rende um ser vivo feliz e pleno. É interessante que o texto bíblico trate justamente da questão do cumprimento que visa a trazer o "bem para ti e para teus filhos". E o que deve ser cumprido? A resposta bíblica é, como no episódio de Adão e Eva, novamente binária: "Fazer o que é 'bom' e 'correto' aos olhos do Criador." Precisamos compreender o que seria fazer o "bom" e o "correto" e a relação de dependência entre ambos. Uma leitura possível é que a tensão entre o que nos fala à alma (bom) e o que nos fala ao corpo (correto) é respeitada. Nem só o "bom" ou o "correto" dá conta à centelha permanente que promove e motiva tudo na vida. Estamos "bem" quando percebemos uma relação equilibrada na tensão entre o "bom" e o "correto" (aos olhos do Criador) em nossas vidas. Muitas vezes o "bom e correto" representa uma expressão maior do "bom" do que do "correto". Essas são as situações de rompimento, em que o "correto" é traído em nome de um "bom". Por vezes o "bom" é traído em nome de um "correto". Este era o caso do cheeseburger ou de qualquer processo de *mar'it ha-ain*. Na verdade, este último processo representa nossa própria "tribo" ou cultura, cuja função é estabelecer uma moral do corpo. Esta moral visa estabilizar a vida criando o polo sem o qual não conseguimos a tensão entre "bom" e "correto" que nos oferece a experiência de "bem"-estar.

As posturas reacionárias são as que afirmam que, para cada situação e momento, há um "bom e correto" absoluto. As posturas revolucionárias, por sua vez, afirmam que "bom" e "correto" são inconciliáveis. Em posturas menos radicais, reconhece-se que a arte de viver é compreender quando o "bom e correto aos olhos do Criador" é mais "bom" do que "correto", ou mais "correto" do que "bom". Para os que percebem a vida através dessa tensão, todo desconforto existencial humano é produto de seu desequilíbrio. Novamente, a tensão não é uma medida de igualdade, mas de relação. Uma corda sob tensão pode estar pendendo para um lado (bom) ou outro (correto) em dado momento, pode até estar na mediana entre os dois esforços, mas o importante é que preserve essa condição. É a perda de tensão, o distensionamento, que estabelece a doença. Toda vez que fazemos a opção por "bom em maior medida do que correto", em desarmonia com a tensão, causando a perda da mesma, estamos diante da culpa e da violência. Toda vez que fazemos a opção por "correto em maior medida do que bom", causando perda de tensão, estamos diante do apego e da depressão.

A verdade é que manter a tensão é algo difícil tanto para si mesmo como em relação a outra pessoa. O segredo é que não está em jogo aqui a luta entre o "bom" e o "correto", nem entre a "alma" e o "corpo", como abordou a cultura no passado, mas na tensão, na profunda dependência entre "bom" e "correto" ou entre "alma" e "corpo". Ou, melhor ainda, entre "moralidade" e "imoralidade" ou "preservação" e "ruptura".

DEFINIÇÃO DE TRAIÇÃO

Se levarmos em conta nossa discussão anterior, descobrimos que a palavra "traição" é um "curinga". Trair é a palavra que expressa a perda da tensão. Traímos quando nossa escolha gera a perda da tensão, seja porque optamos por movimentos bruscos na defesa do "bom" em detrimento do "correto", e vice-versa, ou porque cedemos bruscamente, abrindo mão do "bom" em detrimento do "correto" e vice-versa. Trai-se por fidelidade e infidelidade. Trai-se tanto por apego como por desapego.

A traição é uma "medida", e entender medidas nem sempre é fácil. Tomemos, por exemplo, a aceleração. Ninguém vê uma aceleração. O que distinguimos visualmente é sempre a velocidade. Um carro pode estar indo para cima (velocidade de subida), mas estar em processo de aceleração negativa. Vemos o carro subir, mas seu processo já é um processo de descida, uma vez que o destino da velocidade está sendo dado por outra medida, esta sim invisível. Da mesma forma, podemos imaginar situações humanas com a medida "traição".

Há casamentos que, apesar de se conduzirem aparentemente dentro de normas de fidelidade, já esboçam movimentos de traição. Esses serão determinantes para a infidelidade posterior. Entenda-se por infidelidade tanto o rompimento de compromissos como a manutenção dos mesmos de forma destrutiva. Todos nós sabemos quando a vida está em processo de "aceleração" positiva ou quando estamos vivendo de uma velocidade artificial, pois a "aceleração" é negativa. Ficamos deprimidos quando a "aceleração" se torna negativa, mesmo que a "velocidade" permaneça positiva. Trata-se aqui do que chamamos de perda da tensão.

Um dos momentos mais interessantes da interação humana, o ato sexual – ou a própria sensualidade –, nos faz perceber este processo de maneira radical. Em momento algum pode-se perder a tensão entre "bom" e "correto". Pode-se optar por caminhos que privilegiam o "bom" em detrimento do "correto" e vice-versa, mas não podemos perder a tensão entre os dois. Tal perda é, nesses momentos, muito perceptível.

Poderíamos traduzir uma relação de sensualidade como um processo em que, pela sensibilidade artística de bancar o "bom e correto aos olhos do Criador", isolamos a própria tensão. Estamos então diante da vida. Qualquer traição é percebida imediatamente e essa medida passa a definir todas as interações. Os indivíduos não mais enxergam velocidades, mas apenas acelerações. Qualquer frouxidão ou distensão se faz perceptível, ou seja, os indivíduos podem concretamente reconhecer situações de traição. Um olhar, um suspiro, um gesto, um movimento e sabemos se a tensão está presente ou se mecanismos de traição estão instalados.

A intimidade radiografa a relação entre corpo e alma e revela estados de tensão ou de distensão. Essa é a razão de a intimidade ser tão provocante, pois ela revela instantaneamente quando estamos ou não traindo.

A palavra "trair" tem três facetas inseparáveis. Ela denota o não cumprimento de convenções ou de acordos previamente estabelecidos, a não correspondência a expectativas e revela informações preciosas sobre as intenções de um indivíduo.

O traidor é sem dúvida alguém que se expõe, mas, diferente do que se imagina de um traidor, é bastante difícil sê-lo abertamente. Muitas vezes a palavra "fraco" é associada ao traidor, quando o que este menos representa é "fraqueza". É preciso muita coragem para trair, porque o traidor se expõe ao revelar segredos de sua intimidade.

O ato de traição jamais desloca o eixo das relações da área da intimidade. Ao contrário, a dor causada pela traição é produto do aprofundamento da experiência íntima. É isto que tanto machuca os traídos: ser conduzidos a profundezas da intimidade que desejam evitar.

É importante compreender aqui que não estamos falando do indivíduo que é infiel por apego. Há muitos traidores que traem o próprio conceito pelo qual são rotulados. Trair não quer dizer necessariamente sair de uma relação através da infidelidade. Esse tipo de traição pode ocultar profundos processos de apego e representar um ato de traição à alma. Tratamos aqui da traição como a medida de rompimento da tensão da vida e não como a causa da perda desta tensão.

Modelos tradicionais de traição

1. ROMPER NA ESFERA DA CULTURA

Vamos iniciar uma pesquisa sobre a compreensão primitiva do ser humano utilizando o texto mais antigo do relato bíblico – o livro do Gênese. Nele encontramos três diferentes estágios da criação do homem: 1) Adão; 2) Abraão e 3) Jacó. Estes três arquétipos marcam importantes momentos na evolução da história registrada no texto. Adão representa um rompimento de naturezas; Abraão, o rompimento social; e Jacó, o rompimento com a família. O primeiro, como já mencionamos anteriormente, transgride ao descobrir que, diferente dos outros animais, está exposto, no Jardim, não só ao desígnio absoluto da reprodução, mas também a uma proibição a ser cumprida ou desobedecida.

O segundo momento é a descrição de uma determinada história que o relato acompanha. Trata-se do homem que instaura a história. O interesse nele e "na multidão" que dele irá descender é nitidamente a opção pela história através de uma história. Como Adão, ele é um transgressor. Sua história pessoal começa com a escuta de um "comando": "Anda de tua casa e de tua parentela e da casa de teu pai para a terra que te mostrarei!" O verbo "andar", que aparece no original em sua forma enfática, quer dizer: sai, rompe e, em outras palavras, trai.

O terceiro indivíduo é o transgressor na relação com o outro. Jacó representa a traição de relações pessoais no seio da família. Ele rouba a primogenitura, traindo profundamente seu pai e seu irmão. Ele se aproveita da cegueira do pai – uma condição muito comum nas traições – e, ajudado pela mãe (símbolo do bom), rompe com o pai (símbolo do correto). Sua fuga e o sofrimento causado por essa traição instauram um processo familiar exemplar – funda-se a primeira família. É esta família que terá a "saúde" de se transformar em tribos e representar a verdadeira "multidão" prometida ao transgressor social Abraão.

Uma vez que já tratamos do primeiro exemplo de traição – o evolutivo, que descobre, além de regras, as transgressões do jogo –, vamos nos ater ao segundo modelo, o do transgressor social, para obtermos maior compreensão do ato de trair e da imoralidade da alma.

Abraão inicia sua história com rompimento. Nada nos é dito sobre sua infância, provavelmente por simples desinteresse. Aliás, este é um dado importante para isolarmos o ato inicial desse indivíduo e associá-lo ao que há de especial nele. Deixar sua cultura e seu passado em nome de um futuro é saber recompor a tensão entre corpo e alma, aprendendo a romper por conta das demandas do futuro e não só pelas demandas do passado.

Esta é a *eleição* que na verdade é proposta a Abraão e sua multidão como um pacto. Normalmente a palavra "eleição" é privilegiada pelos traidores, pois denota uma compensação para o fato de que, aos olhos sociais, eles são "desviantes". Essa noção de eleição é uma leitura da alma. O corpo, por sua vez, compreende este ato como perigoso e merecedor de correção imediata.

Michael Lerner (*Jewish Renewal*, Grosset/Putman) aponta para uma compreensão importante do rompimento com a "sua casa" para iniciar a busca de uma "nova casa". Segundo ele, todo o contexto da saga de Abraão está envolto na questão de podermos ou não romper com "a violência do passado". Todos nós constituímos a noção de "corpo" através da formatação que nosso passado nos impôs. Nossos pais – principalmente quando vistos a partir do divã –, nossas experiências, que nos oferecem "certezas" e o medo do desconhecido, e nossa cultura, que aponta o que é "correto" como sendo o "bom" por definição, nos impingem um destino. É este destino que Lerner percebe como a violência do passado. A proposta da imutabilidade é mais do que indecorosa: ela violenta um indivíduo. Ela propõe que continuemos a fazer o que foi feito no passado. Se tivemos a infelicidade de sofrer maus-tratos de nossos pais, estamos muito mais propensos a repeti-los com nossos filhos. Quantas vezes ouvimos ou sofremos ao ouvir nossos pais dizerem: "Eu tive de viver tal e tal condição... por que você não pode passar por isso?" Isto é expresso como um conceito educacional em que, com certeza, o passado é determinador do que é certo e bom. O filho que rompe, que não tem a profissão do pai, nem sua cultura, não é o "doutor" sonhado, mas um "músico", é visto como um mutante deformado por suas demandas do futuro e pelo desapego ao passado.

Abraão não foi o "médico" sonhado por seus pais. De mochila às costas, foi em busca de sua terra. Protótipo do "mau filho", Abraão questiona a violência da inexorabilidade de seu destino.

Porém, o que valoriza a transgressão de Abraão ao sair de casa é o teste que mais adiante se imporá em sua vida. A verdadeira questão não é se Abraão consegue romper com a violência do passado do pai, mas se ele consegue aceitar isso como um comportamento de vida e, portanto, não vai impor sua violência ao filho. Ou, em outras palavras, Abraão teria bancado sua busca pelo "bom" mesmo em detrimento do "certo" apenas para si, ou teria instaurado um processo transformador entre as gerações? Se a última possibilidade é a resposta, Abraão teria instaurado uma história que não é apenas cíclica e repetitiva de geração a geração, mas que, pelos verdadeiros rompimentos feitos por cada uma dessas gerações, possibilita um futuro pautado pela alma e não pelo corpo. O futuro seria do mutante e não do corpo preservado. Não seria a terra de nossos avós, mas sim uma terra estranha que, em tensão profunda com a terra de nossa memória, comporia a nossa "casa".

A pergunta estava lançada: seria Abraão a versão de Adão para a realidade social? Estaria Abraão, para a opção da evolução no âmbito social, como Adão e sua transgressão para a opção da evolução das naturezas? Se a resposta fosse positiva, então o futuro seria diferente do passado. Nele as violências do passado seriam filtradas e um novo ser social seria possível. Todo o conceito de um futuro messiânico ou não depende da possibilidade humana de transgredir o "certo", a "casa e o território" de nosso passado.

E o teste vem. Sob um clima semelhante ao de sua traição de juventude, quando lhe é dito "anda da casa de teu pai e de tua parentela", Abraão ouve um novo comando. A estrutura de formulação é semelhante: "Pega teu filho, teu único filho, a quem amas tanto, e sacrifica-o no monte de Moriá."

Aparentemente, esta era a prática da região. Um pai deveria oferecer seu filho primogênito em sacrifício. Como bom cidadão de Canaã, Abraão cumpre os desígnios de sua cultura. É interessante que o mesmo D'us da transgressão seja agora o D'us que fala pela cultura. As experiências de ambas as demandas divinas parecem ser idênticas e a questão é se Abraão saberá discernir o engodo existente na situação. O D'us da alma fala agora com o mesmo tom e de forma similar, ocultando sua verdadeira identidade: o D'us do corpo. Abraão anda com seu filho. No seu íntimo a dúvida é terrível – cumprir com o certo como se fosse o bom ou questioná-lo? O desenlace desse instante solitário de Abraão é assombroso. Ele não obedece ao comando original. Mas também não o desobedece. Abraão ouve D'us dizer algo diferente do que havia dito originalmente. Em vez de "sacrifica teu filho", ele ouve "não lança a tua mão sobre o mancebo e não lhe faças mal". Abraão não discorda de D'us, mas aprendeu a ouvir um comando distinto que parte do mesmo D'us. A figura divina é simbólica da mais profunda compreensão do que a vida, a realidade, espera dele. Abraão não trai nem a D'us nem a si, ele legitima sua transgressão como sendo a verdadeira vontade de seu D'us. Essa capacidade de não revolta, mas que faz o "bom" em detrimento do "certo", é o segredo de Abraão. Ele instaura uma nova moral. Esta será do corpo, mas sua mutação foi um produto da alma. Abraão professa a fé nas demandas do futuro e, portanto, da alma. Ele é imoral, pois legitima uma outra moral, que emana da mesma fonte da moral do passado.

Apenas nesse momento de sua vida Abraão fecha o ciclo de não transmissão da violência de sua moral e cultura para seu filho. Na relação com a geração do pai, fica apenas apontado o discernimento quanto a seu caminho – sair de casa –, mas é quando está diante do possível sacrifício do filho que ele mesmo prefere vê-lo habitar outra "casa" e outra "terra". Ele deixa de legado a Isaque um novo mundo, onde o não sacrifício de seu primogênito é a busca por uma terra que não é a de seus contemporâneos e conterrâneos. Abraão é um desobediente. No âmbito social, ele se afirma não apenas o cumpridor do mandamento de tornar-se "pai de uma multidão", mas do mandamento negativo de transgredir as expectativas, ou as violências, de sua geração.

Abraão aprende não apenas a optar pelo "bom", mas a decretá-lo como o novo "certo", aquele que sucederá o "certo" antigo e "traído". Ao fazer isso, não há traição, e a tensão entre passado e futuro, corpo e alma se recompõe. Se não fosse pela capacidade de ouvir D'us expressar uma vontade distinta da que inicialmente revelara, Abraão não teria reintegrado a perspectiva do corpo e teria perdido a tensão. Teria então traído por optar pela alma sem reconciliação com o corpo. Seu erro teria sido da mesma ordem que se tivesse obedecido à demanda inicial e imposto a violência de sua geração. Nessa hipótese, além de fazer a opção pelo corpo em detrimento da alma, não teria cumprido com a verdadeira saída de sua casa.

E isso é muito importante. Sair de casa não é apenas abandonar o corpo dos outros, mas é o ato em si de abandonar o próprio corpo. A transgressão das próprias convicções é essencial. É como no caso da lei, em que a legitimidade depende da hipótese de que, em dadas condições, a desobediência pode ser a melhor forma de cumpri-la. Para Abraão, ser absolutamente humano – cumprir com o que é esperado de nós é aceitar a hipótese de que a melhor preservação de nossa integridade pode ser desistir dessa mesma integridade.

Abraão funda a possibilidade da nova lei, de uma nova escuta de comandos, que é a opção pela imoralidade da alma. Esta imoralidade, percebida pela perspectiva do corpo, é que permite um processo evolutivo em que o novo comando é sempre legítimo. A espera por poder ouvir este novo comando representa o resgate da tensão e a eliminação de qualquer forma real de traição.

É interessante reconhecer que Abraão poderia ter optado por fazer um novo "bom" adequar-se ao antigo "correto", o que significaria sacrificar seu filho e encontrar paz dentro de si por ter eliminado a dúvida através de uma justificativa mais convincente de que se tratava de um "bom". Mas Abraão não consegue fazer isso, sua solução teve de ser a de encontrar um novo correto para este "bom".

Abraão é coerente e permite a seu filho uma outra "casa" ou uma outra "terra", como ele também buscara. Na verdade, essa é a terra prometida com que Abraão sonha. Uma terra que tenha como parte de sua tradição o rompimento. A fundação de uma nova religião – a que falaria da alma como transgressora por natureza – tornaria possível um futuro melhor. A catarse de Abraão é extática, pois este compreende como o futuro pode ser maravilhoso se soubermos legitimar também nossas transgressões.

2. ROMPER NA ESFERA DO OUTRO

O terceiro arquétipo é o de Jacó, como aquele que transgride na esfera da família. Ele não trai naturezas, ou as violências de sua sociedade: sua especialidade é trair o outro.

Jacó é um símbolo das transgressões que todos os seus filhos e descendentes repetirão. Lembremos que é Jacó quem recebe o nome de Israel e que de seus doze filhos surgem as doze tribos que constituirão a estrutura do povo hebreu. A traição e os rompimentos de Jacó afetarão profundamente o destino histórico dos hebreus e, portanto, estes instauram um processo que transcende o indivíduo.

Não há dúvida de que o texto bíblico utiliza a questão da "primogenitura" de forma simbólica. Ser o primogênito representava herdar o nome e a história da família. O primogênito era o eleito para dar continuidade ao futuro. Roubar a primogenitura é o que Jacó faz, o que seu filho José faz e o que se tornou o próprio estereótipo do judeu. Ao longo dos tempos, povos que se consideraram herdeiros "do nome e da história" da civilização encontraram no judeu um usurpador da "primogenitura".

Qual é o modelo de Jacó? Abraão rompera no passado e defrontou com o rompimento novamente no final da vida. Sua forma de legitimar traições foi através de um novo "ouvir" que se conformava melhor ao que percebia como "bom". Jacó vive um processo semelhante. Ele rouba a primogenitura do irmão e foge. Na verdade, esta primogenitura só é plenamente legitimada décadas depois, quando reencontra o irmão.

Este reencontro é precedido por uma luta com D'us. Em relato misterioso (final do 32º capítulo do Gênese), Jacó se vê sozinho para enfrentar a noite que o separava do reencontro com o irmão. Ele tem medo do irmão e se sente inseguro por ter roubado sua primogenitura. Surge então um ser que se atraca com Jacó. A luta – palavra que expressa tensão – é justamente um processo instável em busca de novo equilíbrio. Este ser nada mais é do que D'us. Ao prevalecer nessa luta, Jacó recebe o nome de Israel, cuja etimologia é registrada no texto – "pois lutaste com D'us e com homens e venceste".

Jacó representa a escolha de um novo "correto" na sua relação com um igual, com um outro. A questão é que não depende apenas de ele estipular esse novo "correto" para o "bom" identificado. Jacó não pode fazer como Abraão, que ouve D'us desdizer-se. D'us não vai ratificar o novo "correto" com uma nova fala. Nesse nível, só resta lutar com D'us e com homens para fazer prevalecer o novo "correto". Esse corpo a corpo, que começa como uma disputa entre homens, acaba por revelar-se uma disputa com D'us. A dúvida não se dissipa com uma profunda revisão de si e de trair-se a si como para Abraão. A dúvida se dissipa na coragem de afirmar um novo "correto" ao outro, trair o outro e legitimar a si nesse empreendimento.

Abraão é o pai que aceita o filho "músico" e reconhecendo que seu sonho de que fosse um "médico" não é o correto que melhor se adequa ao que é bom. Abraão não só tolera, mas dança com o filho, que segue para sua própria terra. Jacó é o irmão que segue uma vida de artista e intelectual, deixando para trás a presidência das empresas do pai para o irmão administrador e empresário. Quem terá de legitimar sua opção é o próprio Jacó, que buscará dar conta de suas dúvidas e atingir a maturidade de perceber-se o verdadeiro "herdeiro". Obviamente esse herdeiro não é do corpo, das empresas e dos bens, mas da alma, do profundo desejo de aventurar-se pela vida em vez de seguir trilhas já traçadas.

As complicações do rompimento com um igual – como um irmão, por exemplo – é que geram, para o outro, um processo de traição. O traidor ameaça aquele que preserva o corpo. Legitimar que o outro possa ser "artista", de que esta opção é pertinente, significa autoquestionar-se sobre as possibilidades ignoradas. A dor dessa dúvida para aquele que preserva e protege o corpo muitas vezes gera violência e a acusação de traição.

Os judeus carregam essa pecha. Questionadores, foram vistos com grande desconfiança pelo mundo cristão. Um mundo que herdou a civilização, mas que temia a existência do irmão "usurpador de progenituras" pela dúvida profunda que sua simples presença causava.

Na verdade, vemos como a posição do judeu no mundo ocidental é perigosa. Se por um lado ele é um exemplo, pois sua maneira de sentir-se eleito e de buscar uma nova terra há muito perdida contempla as questões da alma, por outro ele atiça, a partir do mundo do corpo, uma reação muito forte.

Mais adiante abordaremos como a tradição cristã viu por "vocação" fazer do personagem Judas o protótipo do judeu. Traidor desde o leite materno, o judeu é o exemplo mais vivo, e jamais replicado na história da civilização humana, de referência primitiva à questão do traidor e da traição.

Na perspectiva do judeu, de Israel (Jacó) – o que briga com D'us e com os homens –, afora a violência, não é fácil validar e legitimar sua "eleição". A dificuldade está em legitimar seu novo "correto" de maneira verdadeira, não com argumentos ou justificativas, mas com uma crença profunda na alma e em suas transgressões.

O TRAIDOR DE SI

Nos comentários rabínicos, um pequeno "ato falho" tem interpretação interessante. Quando Moisés se aproxima do faraó para pedir-lhe que liberte seu povo, o faraó do Egito faz um desafio: "Mostre-me algo que te surpreenda." Os rabinos logo perguntam: "Não deveria ser: 'Mostre-me algo com que *eu* me surpreenda.'? E logo respondem, esclarecendo que o faraó era homem muito esperto e vivido e que sua pergunta era correta. Se Moisés é alguém que deve ser respeitado, tem de mostrar que é alguém que se surpreende, e não alguém que surpreende os outros.

Surpreender-se é, na realidade, a maior prova de poder de um ser humano. Surpreender os outros é fazer uso de nossos truques já dominados; surpreender a si mesmo é ser um mago diante daquele que nos julgávamos ser.

O herói do corpo é aquele que surpreende os outros e os seduz. Seus poderes são fazer uso do passado e de suas mágicas. O que já foi feito, dito, visto, falado e escutado passa a ser o instrumento para surpreender os outros. Já o herói da alma é aquele que surpreende a si mesmo e seus poderes são o que ainda não foi feito, dito, visto, falado ou escutado. O futuro e a possibilidade de não convencionalidade são o instrumento de poder desse herói. Trair a nós mesmos e nos surpreender conosco é algo de grande força. Enquanto o corpo se deleita com as conquistas da sedução, a alma o faz nas conquistas do assombramento pela surpresa.

Os maiores pecados para a moral não são as tentações do corpo, mas os pecados da alma. As seduções da estética, da pureza, do absoluto, do autoritarismo e da certeza são conquistas da moral e da tradição do corpo. São, no entanto, os pecados – tal como a transgressão de Adão e Eva é apresentada – que elevam a alma. Isso não é satânico, mas a perspectiva da alma. Porque as surpresas do relativo, das misturas, dos erros, das espontaneidades ou dos pecados fortalecem a alma e lhe ofertam seu nutriente mais importante: a evolução.

PROCESSOS DE TRAIÇÃO

Um dos ensinamentos chassídicos mais interessantes é o que aponta para quatro comportamentos do corpo diante das exigências da alma. Este ensinamento, desenvolvido pelo último rabi de Lubavicht, isola um episódio paradigmático do momento de encontro dos interesses do corpo e da alma: a saída dos hebreus do Egito. Por tratar-se de um símbolo de movimento ativo para deixar a escravidão rumo à liberdade, esse acontecimento em muito se presta para exemplificar os processos humanos que realizam movimento semelhante.

É fundamental mencionar que o Egito é, acima de tudo, um símbolo, por representar um lugar que "já foi bom" e deixou de ser. As analogias se tornam mais interessantes ainda se reconhecermos que a etimologia hebraica da palavra Egito – *mitsraim* – quer dizer "lugar estreito".

Todos nós deparamos com lugares que se tornam estreitos em determinado momento. Estes lugares, que outrora serviram para nosso desenvolvimento e crescimento, se tornam apenados e limitadores.

No processo de saída de um lugar estreito, temos uma descrição interessante dos fatos históricos ocorridos no relato bíblico. Segundo o mesmo, o processo de saída esbarra num limite tão real e profundo como o mar. Arrependido por ter permitido a saída dos hebreus após sofrer dez pragas diferentes, o faraó os encurrala junto ao mar. Entre o exército mais poderoso do mundo de então e o mar, os hebreus se voltam ao líder Moisés em desespero. O que fazer?

Quando resolvemos sair do lugar estreito, ocorre um processo semelhante com o corpo. O corpo não gosta de sair, de mudar. São a estreiteza e o desconforto que o convencem de que não existe outra saída. Mas para onde ir se o corpo não conhece nada diferente de si mesmo? A alma, imoral em sua proposta de desalojamento do corpo, impõe uma caminhada que para o corpo acaba por ser um enfrentamento com uma barreira aparentemente intransponível. Como seguir rumo à "terra prometida", ao futuro, se entre o presente e ela existe um fosso, um mar, absoluto. O corpo então questiona a sensatez da alma. Os portões do passado se fecham, os do futuro não estão abertos e o corpo experimenta a mais temida das sensações – o pânico de se extinguir.

Encurralados diante do mar, o povo, representativo do corpo, assume algumas posturas possíveis. De acordo com o ensinamento chassídico, existem quatro comportamentos clássicos mencionados como quatro acampamentos. Sem saber como proceder, o povo se divide em quatro acampamentos. O primeiro quer voltar, o segundo quer lutar, o terceiro quer jogar-se ao mar, o quarto se mobiliza em oração.

Como leituras da alma, essas quatro posturas representam resistências do corpo. A própria ideia de acampar é, em si, uma forma de "empacar". Aquele que propõe o retorno reconhece o poder do lugar estreito. Esse lugar do hábito é tão poderoso que foi uma ilusão se deixar levar pelo sonho de sair. Tudo estava errado desde o início e a proposta de voltar pressupõe uma vida estreita e em conformidade com a realidade e as limitações que esta impõe.

Lutar, por sua vez, é a crença de que se poderá fazer do próprio lugar estreito um lugar mais amplo. Se o lugar estreito é poderoso para impor-se como realidade, o que resta é desafiá-lo, como se a estreiteza fosse externa e não um processo de relação entre o mundo externo e o interno. Jamais devemos esquecer que o lugar estreito um dia não o foi.

Jogar-se ao mar é a atitude do desespero. É a entrega do corpo na descoberta de que a alma propiciou um limbo insuportável em que não há mais o passado que o definia nem lhe é permitido um novo futuro que o redefina. Na busca de um novo "bom", não se encontra um novo "correto" e a única saída é pagar o preço de não se ter bancado o "correto" do passado mesmo que o "bom" fosse inadequado. Desse desespero surge a resignação de que, apesar de não se voltar ao lugar estreito, jamais se poderá atingir um novo lugar amplo.

Orar é um recurso de fazer da situação do "novo" uma reprodução do lugar estreito. Numa aparente resolução das demandas da alma, o corpo exige que a realidade seja "compassiva" com ele, permitindo que o novo lugar não exija dele uma nova definição de si. O novo lugar é o velho sem parecer-lhe estreito. Muitos de nossos sonhos do pós-vida se classificam nessa categoria.

A beleza da interpretação chassídica está na utilização do versículo (Ex. 14:13), que esboça a reação de Moisés, o líder e representante dos interesses da alma (o empreendedor da saída do lugar estreito): "E disse Moisés ao povo: (1) Não temais, ficai e vede a salvação do Eterno; (2) porque os egípcios que vedes hoje não volvereis a vê-los nunca mais; (3) o Eterno lutará por vós e (4) vós vos calareis."

Segundo essa interpretação, temos aqui uma resposta aos quatro acampamentos. Aos que queriam se jogar no mar: "Não temais, ficai." Aos que desejavam voltar: "Não volvereis a vê-los nunca mais." Aos que se propunham a lutar: "O Eterno lutará por vós." E aos que oram: "Vós vos calareis." Nenhum dos acampamentos representa o futuro e a saída. Todos eles são variações sobre a hesitação e a vacilação. São, na realidade, a fronteira onde um corpo morre para renascer com uma mesma alma em outro corpo – do outro lado da margem.

Mas, se nenhuma dessas condutas é apropriada, qual é o caminho então? Não nos esqueçamos da realidade que interpõe um mar entre um corpo e outro. A resposta de D'us às vacilações do corpo, ou seja, resposta proveniente da fonte de toda alma e todo futuro, é igualmente decisiva e intrigante (Ex. 14:15): "Diga a Israel que marche."

Marchar, dar andamento, a quê? Para onde? Que solução óbvia é essa que a divindade apresenta, pela qual nenhum acampamento, ou nenhuma perspectiva do corpo, consegue dar conta de uma saída?

Conhecemos o final do relato bíblico em que o mar se abre. Mas, para o Midrash – comentários alegóricos dos rabinos –, a abertura do mar se dá de uma maneira muito peculiar. Um homem chamado Nachshon ben Aminadav, que não sabia nadar, começou a adentrar as águas. Estas, no entanto, não se abriram num primeiro instante. Somente quando o homem já estava com a água no nível do nariz, as águas se abriram.

Diferente do acampamento, que queria se jogar ao mar como forma de desesperança no futuro, Nachshon compreende a recomendação de D'us: "marchem." O futuro existe se vocês marcharem. O futuro, porém, não está ligado ao presente pelo corpo. A alma guiará o caminho seco por meio do molhado, de um corpo a outro ou de uma margem a outra. Saber abrir mão desse corpo na fé de que outro se constituirá é saber dar o passo que leva até onde "não dá mais pé". Enquanto der pé, estaremos estacionados em acampamentos.

Esse profundo ato de confiança em si e no processo da vida garante a passagem pelo vazio que magicamente se concretiza em chão sob nossos pés. O que não existia passa a existir e um novo lugar amplo se faz acessível.

Conhecemos esse processo através de nosso nascimento. Em determinado momento, o lugar mais maravilhoso, aconchegante e repleto de nutrientes para o corpo se desenvolver se torna estreito. O útero materno deixa de ser amplo e se transforma em um *mitsraim* (Egito). A saída pelas águas a seco é difícil e pressupõe uma coragem que só se torna possível se alma e corpo andam de mãos dadas. Saber entregar-se às contrações do lugar estreito rumo ao lugar amplo é um processo assustador, avassalador e mágico.

Vindos da outra margem, extasiados, constatamos a existência da alma para além da anatomia do corpo. O passado se fez um novo presente, um futuro conquistado.

Na outra margem, por algum tempo o corpo irá se esquecer de que nenhum lugar poderá ser amplo para sempre. A estreiteza é uma condição da vida para a qual a alma imoral é um mecanismo tão inato quanto o corpo moral reprodutivo. O Éden ficou estreito e a espécie humana deparou, como ocorre de era em era, com a estreiteza de seu ser e de sua natureza. Passar por um processo de mutação de maneira bem-sucedida é irromper em um outro corpo que não se sabia que poderia conter nosso "eu".

QUANDO TRAIR

O poeta e filósofo Sh'lomo Gabirol (Miv'har ha-penimim) menciona quatro estágios distintos no reconhecimento da estreiteza de um lugar. Há os que: 1) sabem e sabem que sabem; 2) sabem, mas não sabem que sabem; 3) não sabem e sequer sabem que não sabem e 4) não sabem, mas presumem que sabem.

O primeiro está no estágio dos acampados diante do mar. Espera por sua chance de atravessar. Reconhece o novo "bom" e permanece à espera de um novo "correto" que melhor se adapte a ele. O segundo deve ser despertado. O lugar é estreito e ele assim o percebe, mas a possibilidade de empreender uma caminhada rumo ao futuro lhe escapa. O presente, avalizado pelo passado, é demasiadamente forte para que se enxergue além. Nessa condição, não será possível ao corpo se sentir encurralado... e marchar.

O terceiro não reconhece a estreiteza mesmo quando esta já se instalou. Necessita com urgência de terapia para dar conta da sensação de angústia que se origina em não saber o que há de tão inadequado em sua maneira de perceber seu corpo.

Já o quarto também não reconhece a estreiteza, apesar de possuir um discurso que a desafia. A estreiteza, no entanto, é uma figura de abstração, o que não significa que um indivíduo compreenda de fato as diversas escravidões a que está submetido. Não há dúvida, esta é a situação que oferece maior dificuldade. A "amplidão" do pensamento teórico desse indivíduo cria a ilusão de que está à margem do mar. Mas, por nunca ter realmente percebido a estreiteza, não terá como passar no meio do mar. O seco não se fará disponível em nenhum momento, pois não existe condição de "marcha" para quem realmente não se percebe em estreiteza. Nenhum corpo abrirá mão de seus interesses para a alma sem que esteja profundamente consciente de seu desconforto. Este caso fala de um novo "correto", mas não conseguiu formular nenhum novo "bom" para o mesmo. E um novo "correto" sem um novo "bom" em vista significa aumentar a confusão e a perplexidade. Mesmo o retorno ao estágio em que se percebia "não sabendo e sequer sabendo que não sabe" lhe será muito custoso.

Quando o corpo está exposto à estreiteza, e quando está consciente de que seu desconforto provém dela, surge então a possibilidade de acampar em frente ao mar. A partir desse lugar de impropriedade e angústia, olhamos o horizonte. Chegar até ele não mais será um processo do corpo, mas da alma. Há uma entrega, um despojamento nessa margem, que não só desnuda o corpo, mas também o modifica. Essa metamorfose nos assusta com a possibilidade de estarmos abrindo mão de nossa integridade e identidade.

II.
LÓGICAS DA
ALMA

Se é a alma que nos faz cruzar de uma margem a outra e de um corpo a outro, e se é a partir de sua imoralidade que os mares se abrem, faz-se importante conhecer suas "lógicas". Ao apresentá-las, estaremos reconhecendo em nós mesmos elementos que não são do corpo da preservação e da reprodução, mas sim da profunda orientação que temos de transgredir. Muitos dos conceitos e parábolas aqui apresentados são da tradição chassídica, cujo maior mérito foi querer preservar a partir da traição e da transgressão. Sua sabedoria provém da sensibilidade de legitimar o corpo e seus interesses, mas fazendo sempre com que este esteja submisso aos interesses da alma. Como bons descendentes de Adão e Abraão, como não provar da árvore e como não sair de casa?

Paz aos que vêm de longe

O PROFETA ISAÍAS diz: "Paz... paz aos que vêm de longe e aos que vêm de perto." No Talmud, este verso desperta curiosidade pela inversão lógica do que esperaríamos: "aos que vêm de perto e aos que vêm de longe." Por que longe primeiro e perto depois? Por que não o contrário? Os rabis Abahu e Iochanan (século III) iniciam uma discordância interessante. Eles reconhecem que o profeta não está falando de distâncias geográficas. O rabi Iochanan, representando o olhar do corpo, argumenta que o "longe" se refere a pecados. Por isso o profeta saúda primeiro os que estão afastados do pecado e só depois os que estão próximos dele. O rabi Abahu, por sua vez, argumenta pela alma, e diz que "longe" são os que tiveram uma longa trajetória de erros até poder chegar. "Perto" é a condição daqueles que tiveram poucas oportunidades de "surpreender-se". Sua trajetória é pequena nas veredas da alma.

Para Abahu, o profeta saúda primeiro aqueles que vêm de longe em detrimento dos que vêm de perto porque seu respeito é dirigido especialmente aos não acomodados – aos transgressores. São pessoas que, para alcançar o "correto" do momento, apostaram em muitos falsos "corretos", mas que, por profunda lealdade ao que é "bom", jamais deixaram de ser perseguidores do "correto". Ou que, para perceber o "bom" do momento, apostaram em muitos falsos "bons", mas que, por profunda lealdade ao que é "correto", jamais deixaram de ser perseguidores do "bom".

O longo caminho curto
x
o curto caminho longo

O RABI IOSHUA, filho do rabi Hanina, disse: "Certa vez uma criança arrebatou o melhor de mim. Eu viajava e me encontrava diante de uma encruzilhada. Vi então um menino e lhe perguntei qual seria o caminho para a cidade. Ele respondeu: 'Este é o caminho curto e longo e este, o longo e curto.' Tomei o curto e longo e logo deparei com obstáculos intransponíveis de jardins e pomares. Ao retornar, reclamei: 'Meu filho, você não me disse que era o caminho curto?' O menino então respondeu: 'Porém lhe disse que era longo!'"

Na trilha da sobrevivência, a "mesmice" muitas vezes é o caminho curto, o mais simples, e que tem os custos mais elevados (longo). Ir pelo caminho mais simples e mais curto é uma lei evolucionista. Certamente os corpos se movem na direção mais imediata e curta. Os galhos buscam a luz e o animal, a água, mas sua inteligência interna, sua alma, está atenta a longas modificações. A tentativa de sobrevivência acontece nos campos de batalha do mundo curto e do mundo longo. As chances de extinção dos que percorrem caminhos curtos que são longos é muito grande. As espécies sobreviventes são aquelas que souberam fazer opções pelo longo caminho curto.

Em nosso dia a dia sabemos muito bem quais são os processos curtos e quais são os longos. Fazemos também nossas opções por padrões que optam pelo curto. Mas nossos mecanismos de detectar se são "curtos longos" ou "longos curtos" existem e sempre estão aí para apontar novos inícios, por exemplo, de relações de trabalho, amor ou amizade.

A coragem está em ouvir o menino das encruzilhadas.

Ele, com certeza, alerta para ambas as possibilidades de caminho. Este menino das encruzilhadas é a alma. Não se assuste com as parábolas que falam de demônios dissimulados nas encruzilhadas. Os demônios das encruzilhadas querem sempre apontar os caminhos mais "curtos". Ninguém que alerte para o fato de que os "curtos podem ser longos" e os "longos podem ser curtos" é de ordem demoníaca.

Afinal, as encruzilhadas são de grande importância. Não são meras opções de acesso, mas de sobrevivência, e o curto caminho longo pode não levar a lugar algum. Se você estiver diante de uma encruzilhada, lembre-se do menino e preste atenção para não ser seduzido, pelo corpo, por um caminho curto. Lembre-se de que a paz está primeiro com quem vem de longe.

Sacrificar para quê?

Perguntaram ao rabi Bunam: "O que quer dizer com a expressão 'sacrificar para ídolos'? É impensável que alguém realmente venha a fazer sacrifícios para algo que entenda como um ídolo!" O rabino respondeu: "Vou lhe dar um exemplo. Quando uma pessoa religiosa ou um justo se senta à mesa junto com outras pessoas e tem o desejo de comer um pouco mais, mas se restringe por conta do que os outros podem vir a pensar dele – isto é sacrificar para ídolos!" (Buber, *Late Masters*, p. 256)

O ENSINAMENTO COMEÇA com o questionamento da lógica da expressão "sacrificar para ídolos". Se percebemos que são ídolos, ou seja, vazios e ilusórios e sem qualquer significado real, como é possível fazer "sacrifícios para ídolos"? A resposta do rabi Bunam é de que fazemos isso com mais frequência do que imaginamos em situações em que acreditamos existir qualquer virtude ou ganho possível por conta de condutas ou posturas que representem sacrifícios ao nada. E quantos de nossos esforços e sacrifícios são, na verdade, "oferendas" ao nada?

Quem precisa de nossas restrições ou de nossas abstinências? Por acaso D'us precisa de nossos atos "morais" que visam a ocultar nossa nudez? Por acaso D'us não percebeu de imediato que Adão havia comido da árvore justamente porque se vestiu e quis ocultar sua nudez? Ao vestir-se, fez oferendas ao deus do nada ou ao deus de seu animal moral.

É importante perceber que o deus do animal moral, do corpo, nem sempre é um deus com "minúscula". Afinal é de D'us: "Frutificai e multiplicai." Mas toda atenção é pouca, porque muitas coisas são feitas ou muitas deixam de ser feitas por sacrifícios ao nada. Quantas pessoas poderíamos ter tirado "para dançar" na vida e não o fizemos por ofertar sacrifícios ao nada? Sacrifício ao deus da timidez, ao deus da vergonha, ao deus do medo de ser rechaçado e assim por diante. Quantas vezes deveríamos ter dito não em vez de nos desgastarmos para dissimular virtudes que são oferendas idólatras: oferendas ao deus expectativa, ao deus cobrança, ao deus culpa e assim por diante.

Não podemos temer o que outros irão dizer ou pensar. Não devemos temer nossa própria autoimagem, esta sim, um altar de primeira grandeza aos sacrifícios idólatras. Quantas oportunidades não deixamos de aproveitar, pois "não era conveniente" fazer isto ou aquilo? Nossa autoimagem, tal como nossa moral, é um instrumento do corpo que não aceita se ver em "outro" corpo.

O rabi Bunam alerta para o cuidado que se deve ter com abstinências e privações, pois, muito mais que demonstrar respeito à vida, elas cultuam deuses menores. O corpo é o responsável por uma intrincada rede de negociações psíquicas para que possamos nos preservar tal como somos. No entanto, fizeram com que acreditássemos que ele nos tenta constantemente com seus desejos. É a alma que fica inconformada com os sacrifícios vazios do corpo e é ela a responsável pelos atrevimentos, ousadias, riscos e transgressões.

Melhor a traição do que a fidelidade mentirosa

Certa vez o *maguid* de Koznitz procurou um homem que havia se imposto inúmeras mortificações como forma de devoção, entre elas vestir roupas grosseiras de juta e jejuar de sábado à noite até sexta à noite (de *shabat* a *shabat*). O *maguid* o advertiu: "Você pensa que está mantendo os maus pensamentos afastados de você, não é? Na verdade, eles estão pregando uma peça em você! Aquele que finge jejuar de sábado a sábado, mas que furtivamente come uma coisa ou outra a cada dia, é espiritualmente superior a você. Isto porque ele está apenas enganando os outros enquanto você engana a si mesmo!" (Buber, *Early Masters*, 291)

O MAGUID ESTÁ interessado em desvendar os véus da hipocrisia. Aquele que engana a si mesmo é mais perverso do que o que engana os outros. Isso porque aquele que engana os outros está muito mais próximo de cair em si do que aquele que engana a si mesmo.

Há traições pela fidelidade muito mais violentas do que as traições pela transgressão. Não se trata de uma receita genérica, mas uma possibilidade que deve estar sempre presente nas interações com a vida. No matrimônio, por exemplo, área em que as questões de fidelidade tendem a ter sua "saúde" medida pela prática ou não do adultério, podemos constatar isso. Quantos casamentos são uma traição profunda à promessa de busca de uma vida de enriquecimento afetivo mútuo? Viver esse tipo de casamento, decerto após se terem esgotado todas as medidas possíveis para curar a relação, é uma forma de traição à alma bem mais séria do que um possível adultério representa, traição ao corpo. Por corpo entenda-se o passado e o compromisso do passado. A fidelidade hipócrita é um compromisso com o passado que obstrui o presente e o futuro. Pode ser uma opção, mas é idólatra.

Não se pretende defender o adultério como solução, assim como o *maguid* não recomenda que uma pessoa deva fazer jejuns e comer furtivamente. Mas é mais perniciosa a hipocrisia que se dissimula como conduta exemplar, gerando consequências de várias ordens tão ou mais nocivas, do que o adultério. Muitas doenças emocionais, perversões e violências dentro da família são resultados do ato de enganar a si mesmo.

É interessante notar que, para a psicologia evolucionista, a moralidade da monogamia, ou de outros comportamentos da área da sexualidade, foi desenvolvida para dar maiores garantias de reprodução a um determinado grupo. A moderna civilização ocidental percebeu no modelo familiar vigente a melhor forma de garantir paz social, ao produzir o que acredita ser a melhor forma de reduzir as tensões da competição pela reprodução. O corpo moral, responsável por esse *status quo*, deve ter sua atuação constantemente monitorada pela alma para assegurar-se de que este não está, inadvertidamente, agindo contra os próprios interesses. Para a alma, a tensão por transgredir a própria cultura propõe novas possibilidades e alternativas que se alicerçam muito mais nas traições reais do que nas hipocrisias.

A alma imoral está em constante processo de sabotagem à ordem estabelecida. Sua função, que pode levar a grandes riscos, é parte do ato de "devoção" à vida. Em se tratando de situações de realidade e não idealizadas, o transgressor é mais bem-vindo do que o hipócrita. O transgressor faz mais bem ao próprio corpo do que o hipócrita. Mas o corpo não aceita isso. Sua função é vestir e não desnudar. Seu desejo é procriar e não trair. O animal moral mascara suas intenções para garantir o que acredita ser a melhor maneira de se preservar. É difícil defender a alma imoral perante a sociedade. Esta é a razão de tantas tradições religiosas inverterem a proposta bíblica e assumirem o que tem sido seu verdadeiro papel: guardiãs do animal moral.

A proposta espiritual, no entanto, é clara: melhor o traidor do que o hipócrita.

É MAIS FÁCIL RESGATAR O PASSIONAL DO QUE O ACOMODADO

Quando jovem, o rabi Moshe foi um grande inimigo dos ensinamentos chassídicos. Certa vez, quando se hospedava com o rabi Asher (também oponente desses ensinamentos), apresentaram-lhes um livro de orações chassídico. Ao ver o livro, o rabi Moshe o tomou violentamente e o jogou ao chão. O rabi Asher recolheu o livro e disse: "Afinal de contas, é um livro de orações, e não devemos tratá-lo de forma desrespeitosa!"

Quando o rabino de Lublin (simpático ao movimento chassídico) soube do incidente, comentou: "O rabi Moshe ainda poderá tornar-se um membro do chassidismo (o que realmente aconteceu); o rabi Asher permanecerá para sempre um inimigo. Isto porque aquele que queima de ódio passional pode um dia arder de amor passional. Mas aquele que é friamente hostil terá sempre bloqueado o caminho de um possível encontro!"

O rabino de Lublin sabe claramente apontar a realidade mais interna. Mesmo que externamente a atitude do rabi Moshe demonstre maior intolerância, sua disponibilidade em trair passionalmente o que "afinal de contas é um livro de orações" revela a possibilidade de encontrar um novo corpo moral, uma nova maneira de ser para si mesmo, o que não ocorre com o rabi Asher. O último está acomodado em sua compreensão de mundo e, mesmo que aparentemente obedeça a uma conduta "moral", ele a desrespeita.

O que há de radical nessa colocação é novamente a postura que enxerga a função da espiritualidade e da alma como contrária à cultura no que esta representa o aspecto acomodado, moral, de uma sociedade. A postulação bíblica de transgressividade de Adão, de Abraão e de Jacó (Israel) consolida a missão, dos que estão comprometidos com eles, de romper constantemente com a neutralidade – ou o lugar é estreito e é tratado como tal ou ainda se está no estágio em que não se reconhece este como o lugar estreito. Sem ainda ter cruzado o mar, sem ter se tornado o novo homem que viria a ser, o rabi Moshe está acampado e lutando com suas barreiras e encruzilhadas. O rabi Asher "não sabe", mas acha que sabe. Ele atua perante os olhos de maneira mais suave, quando na verdade é portador de potencial violento maior do que o traidor: porque ele é o potencial hipócrita.

Transgressão e crescimento

O RABI NAHUM, de Chernobyl, declarou: "Temo muito mais as boas ações que me acomodam do que as más ações que me horrorizam!"

A experiência humana é marcada pela alternância de estados despertos e de torpor. Construímo-nos a partir dos acampamentos que fazemos e do levantar dos mesmos. Mas o rabi Nahum quer frisar a importância de se "horrorizar", que é um dos sinais de percepção dos lugares estreitos. Quem não se horroriza perde a capacidade de detectar a estreiteza. Nossa insensibilidade se beneficia daquilo que não rompe, das ditas "boas ações" que não ferem os códigos da moral animal. Cada vez que fazemos o esperado, reforçamos um padrão humano automático de torpor. Existe em nós uma tendência de querer agradar a nós, aos outros e à moral de nossa cultura.

Com isso vamos gradativamente nos perdendo de nós mesmos. E o despertar é a capacidade de perceber situações horríveis em nossas vidas, tanto no plano particular como no social e cultural. Desse horror surge uma nova forma de ser, uma nova forma de "família", uma nova forma de "propriedade" e uma nova forma de "tradição". A imutabilidade do ser e da família, da propriedade e da tradição é a proposta desesperada de negar a natureza humana, que é mutante e requer novas formas de "moral".

Entre uma moral e outra o ser humano volta a se despir e, desperto, se recorda de sua alma. A esse despertar se referia o *maguid* de Mezeridz: "Um cavalo que se sabe cavalo não o é. Este é o árduo trabalho do ser humano: aprender que não é um cavalo."

A alma se faz perceptível no despertar e no horror. Em ambos os casos ela se volta para a reconstrução do passado. Para este, por sua vez, ela é sempre imoral e perigosa.

Conterrâneos de alma

No salmo 119, é dito a D'us: "Eu sou um estrangeiro na terra, não esconde de mim Teus mandamentos." Sobre este versículo o rabi Baruch comentou: "Aquele que experimenta o exílio e chega a uma terra alienígena nada tem em comum com as pessoas daquele lugar e ninguém com quem conversar. Mas, se um segundo estrangeiro chegar, mesmo que ele seja de um lugar totalmente distinto do primeiro, os dois possuem muito em comum e se identificam, criando vínculos de forte amizade. Se não fossem estrangeiros, eles jamais teriam conhecido tão forte amizade e ligação. Este é o pedido do salmista – eu também sou um estrangeiro; não se esconda de mim!"

Aqueles que se permitem as transgressões da alma com certeza são vistos e recebidos pelos outros como estrangeiros. Os que mudam de emprego radicalmente, os que refazem relações amorosas, os que abandonam vícios, os que perdem medos, os que se libertam e os que rompem experimentam a solidão que só pode ser quebrada por outro que conheça essas experiências. A natureza da experiência pode ser totalmente distinta, mas eles se tornarão parceiros enquanto "forasteiros".

Complementa o rabino Polsky: "Faça seu caminho. Isso poderá lançá-lo ao exílio e sua sociedade nativa poderá tornar-se estranha, e você poderá ter muito pouco a ver com as pessoas de lá e não ter com quem comunicar-se. Mas não se esqueça de que você sempre terá a D'us para fazê-lo encontrar outros em exílio com quem terá muito para conversar."

D'us é o maior companheiro dos forasteiros, pois é, por definição, o grande Forasteiro. Símbolo monolítico da alma humana, D'us perambula e nunca está em nenhuma "moral" de forma definitiva. Transgressor constante das convenções e dos padrões, D'us é companheiro constante do estrangeiro e daquele que segue seu caminho por mais que este divirja do consenso moral de uma comunidade.

É a pessoa acomodada que muitas vezes experimenta a depressão, pois ela sim se descobre solitária. Para aquele que está parado em relação à própria vida, de repente todos terão se deslocado. O acomodado terá para sempre o pânico da solidão, pois mesmo outro acomodado é um potencial "traidor" dos ideais estabelecidos pelo corpo. O traidor se desloca pela vida com mais segurança e, em cada local, cada porto, cidade ou lugarejo, encontrará um forasteiro como companhia, com quem poderá jogar um significativo "dominó".

O corpo e a ausência de si

O RABI HANOCH contou a seguinte história: "Era uma vez um homem muito tolo. De manhã, quando despertava, tinha tanta dificuldade para encontrar suas roupas que, antes de dormir, ficava angustiado só de pensar no que teria de enfrentar de manhã. Certa noite, decidiu dar fim ao problema e com grande esforço tomou uma pena e um papel e anotou detalhadamente onde colocava cada uma das peças que retirava ao deitar-se. No dia seguinte, entusiasmado, tomou o pedaço de papel na mão e leu: 'chapéu'... lá estava e o colocou na cabeça; 'calças'... lá estavam e as vestiu; e assim prosseguiu até que estivesse totalmente vestido. 'Tudo bem, mas onde estou eu mesmo?', perguntou-se com grande consternação. 'Onde eu me encontro?' Procurou e procurou, mas sua busca foi em vão."

Quando um lugar se torna estreito, não conseguimos controlar o mundo pelo lado de fora. Transformar o lugar estreito em amplo é preferir mudar o mundo em vez de a nós mesmos. Nessa tarefa insana, acabamos por não encontrar a nós mesmos. O desejo de procriação que impera no ser humano – o mandamento do corpo moral – não é suficiente para nos fazer saber onde de fato estamos. Nossa tarefa mandatória de procriar é como vestir todas as peças da indumentária e mesmo assim encontrar-se nu. Não importa o quanto Adão se recobria – cada vez mais descobria sua nudez. O não encontro de si mesmo está na incapacidade de arcar com a transgressão. A vida de acordo com o manual, que indica a cada um de nós o que devemos fazer, é insuficiente para responder integralmente por nosso "eu". Por isso mesmo as gerações passadas, que já experimentaram a vida, não podem oferecer mais do que ensinamentos para cumprir o que deve ser cumprido e desobedecer o que deve ser desobedecido.

O ancião e o sábio alertam para o que deve ser tomado a peito e, ao mesmo tempo, riem da seriedade e rigidez do jovem. Achar-se – e o ancião tenta revelar este segredo ao jovem – é construir identidades e desfazer-se delas. Em muitos ritos e tradições, a iniciação é o momento de abordar a "traição" bem mais do que celebrar o processo educativo do cumprimento.

Um jovem adolescente é muitas vezes chamado ao lugar da cerimônia religiosa ou de prova de coragem mais para que se lembre de que é um "traidor potencial" em vez de um obediente mantenedor dos padrões que visam a preservar uma cultura. Novamente, é difícil enxergar isso, pois o discurso das tradições religiosas é muitas vezes invertido: em vez de iniciação à alma, pretende-se uma iniciação aos perigos que esta representa.

O momento de saída de um filho ou filha de casa para seguir o caminho desejado, justamente por nos trair em tantos aspectos de nossa maneira de ser como pais, é a própria razão da celebração. Isso porém impõe aos pais um autossacrifício tão grande – para não sacrificar os filhos – que eles preferem a inversão de sentido. Por não aceitarem a amarga realidade de que os filhos só se encontrarão se, além de cada peça de roupa, souberem quem são dentro deles, as pessoas celebram o cumprimento. Sem a alma, mesmo o Adão vestido é um nu, um nu terrível, pois não se reconhece nele. Só D'us reconhece na máscara o sintoma de um corpo que teme ser ele mesmo.

O ato de retirar a máscara – e que arranca junto o rosto antes percebido – permite que surja uma nova cara. Não há manual de obediência que nos complete a identidade. Nossa identidade se dá também pela desobediência ou pelo vazio que é a experiência ainda não experimentada, o futuro que ninguém ainda viveu. Eclesiastes, um dos mais importantes livros sobre a nudez da realidade humana, adverte que não existe nada de novo debaixo do sol. Ao mesmo tempo, o futuro só é construído por aquilo que nunca houve – a transgressão de um presente ou de um passado. Como compreender então a afirmação de Eclesiastes? Na verdade, não há contradição, pois a própria transgressão é tão antiga como a história humana. O que ainda não é, só se faz sob o sol quando abrimos mão de obediências. Não a obediência em relação ao outro, mas a que impomos a nós mesmos ou a de outros que introjetamos como se fosse nossa.

BROTHER SATÃ

A inversão da tradição ocidental – que se dizia defensora da alma quando em realidade se preocupava com as questões do corpo – fez emergir das profundezas de nosso inconsciente uma importante personagem: Satã. Sua origem remonta ao folclore hebraico, mas sua condição "satânica" é uma invenção do Ocidente. Em sua concepção original, Satã aparece como um "obstáculo" à vida ou algo que "desencaminha". Poderia ser compreendido simplesmente como uma limitação, mas foi ganhando força como um símbolo de "tentação" ou como uma entidade que "joga contra" a vida. Com a tradição cristã veio a simbolizar a própria ideia do "traidor", que de forma sub-reptícia quer nos levar à transgressão.

Na verdade, Satã não seria tão importante se as questões que ele traz à luz não fossem as grandes questões humanas. Em questões que suscitam maior dúvida e que envolvem algum nível de rompimento de expectativas, normas ou padrões, veremos a figura de Satã sempre presente. Ele tenta um indivíduo com a possibilidade de abrir mão de um "correto" em nome de um "bom", o que, para nós, é justamente a tarefa da alma. No entanto, Satã aparece como o exagero ou a exacerbação dos riscos que irão se provar destrutivos e malignos. E, não há dúvida, a possibilidade da alma de se fazer destrutiva sem o corpo é bastante real. O verdadeiro Satã seria então uma alma sem corpo.

A figura de Satã, no entanto, passou à cultura e à tradição ocidental como a maior arma do corpo e da preservação contra a alma e a transgressão. E muito já se fez e se deixou de fazer por conta de tomar-se a alma por Satã.

As tradições religiosas de massa têm essa grande preferência por modelos simplificados da realidade. É mais fácil e conveniente apresentar Satã como um possível resultado do risco, da transformação, do atrevimento ou da transgressão do que o apresentar também como o pesadelo da acomodação. Pois, se Satã é a resultante de uma alma que se desvincula dos interesses do corpo, faz-se também presente como um corpo que se desvincula dos interesses da alma.

O baal Shem Tov perguntou a seu discípulo rabi Meir: "Você se recorda de um sábado em que você estava começando a aprender sobre as Escrituras... quando o salão da casa de seu pai estava repleto de convidados? Lembra que eles o colocaram sobre a mesa e você começou a recitar o que havia aprendido?" O rabi Meir respondeu: "Certamente! Lembro-me bem quando minha mãe subitamente correu e arrancou-me de cima da mesa, interrompendo o que eu recitava. Meu pai a princípio ficou muito irritado com aquilo até que minha mãe apontou para a porta e lá estava um homem estranho parado à entrada da casa. Vestia uma pele de cabra, uma roupa de camponês e lançava seu olhar diretamente para mim. Todos entenderam rapidamente que ela temia o mau-olhado. Ela ainda apontava para a porta quando o homem misteriosamente desapareceu." "Era eu", disse o baal Shem Tov. "Em momentos especiais como estes, um olhar pode inundar a alma com uma grande luz. Mas o temor dos homens constrói muralhas para impedir que a luz se propague!" (Buber, *Early Masters*, 42)

Satã é a própria dificuldade que temos de distinguir a luz da escuridão. Muitas vezes a luz não está nem naquilo que promove a preservação, nem no que promove a transformação. Por interesses naturais à cultura e à moral, no entanto, nossa sociedade resolveu transformar Satã num espantalho que realmente nos afasta da mudança. É por medo dele que se obteve um instrumento a mais para manter as pessoas ocupadas em seus próprios padrões sem se permitir ousar e descobrir novas possibilidades da própria vida. Sua linguagem e sua imagem passaram a servir como porta-vozes da imutabilidade da tradição, da família e da propriedade. Sua fala eloquente e repleta de exemplos da vida e da realidade são poderosamente paralisadoras.

O mundo dos medos, das divisões, das defesas e do controle são produtos dessa fala das consciências humanas que demanda a convencionalidade.

Um judeu de Kossov, adversário do chassidismo, veio até o rabi Mendel, que era membro deste movimento, e desabafou sua frustração por estar casando a filha e não ter dinheiro para o dote. Suplicou ao rabi por um conselho de como poderia conseguir a soma necessária.

"De quanto você precisa?", perguntou o rabi Mendel. O total chegava a algumas centenas de florins. O rabi Mendel abriu a gaveta de sua escrivaninha e deu o dinheiro ao homem.

Pouco tempo depois, ao saber o que acontecera, o irmão do rabi veio até ele bastante contrariado.

"Quando você tem de fazer gastos consigo e com sua família nunca tem dinheiro ... mas vem um adversário e você dá tudo o que tem para ele?"

"Alguém já esteve aqui antes de você", disse o rabi Mendel, "e disse justamente a mesma coisa, mas com um detalhe: expressou-se muito melhor que você."

"Quem foi?", perguntou seu irmão. O rabi Mendel respondeu:

"Foi Satã!" (Buber, *Late Masters*, p. 98)

A alma é espontânea e o corpo é ponderado. A eloquência das justificativas do último são a fonte de tantas interdições desnecessárias. Um dos grandes segredos da tradição chassídica para fazer frente às posições do corpo é usar pequenas histórias em vez de assertivas e argumentações. Sua arma era implacável contra a hesitação e a vacilação produzidas pela ponderação.

O rabi de Tanzer explicava a razão da eficácia das historinhas: "Se acredita nessas histórias, você é um tolo. Se não acredita, é um perverso!" O receptáculo que transmite informações nessas pequenas histórias não é a ponderação e o raciocínio. É, ao contrário, o paradoxo de se deixar levar por elas sem acreditar – entendendo-as como uma expressão figurada, para não ser tolo – e ao mesmo tempo sem desconsiderá-las – não lhes atribuindo uma qualidade ilusória, para não ser perverso.

ENTRE SER TOLO E SER PERVERSO

Eis aí uma das maiores questões para o ser humano – optar entre ser tolo e ser perverso. Ninguém quer ser tolo e ninguém quer ser perverso. Ser tolo é atentar contra o corpo, contra o animal moral. A melhor forma de criar as condições mais apropriadas para a possibilidade de procriação e de continuidade está contida na intenção de não ser tolo. O animal que compete por espaço, subsistência e procriação não quer e não pode se dar o luxo de ser tolo. A moral veste o homem para que ele possa não ser tolo e ao mesmo tempo não incorrer no excesso deste zelo, para não se tornar um indivíduo cruel. As regras sociais permitem que sejamos minimamente tolos, fazendo com que a competitividade seja tão civilizada quanto possível. Quem tem interesse nesta civilidade? Todos, mas a origem do interesse e da questão é não ser tolo. Quanto mais bem organizada for uma sociedade – oferecendo os menores riscos na competição, sem nos tornar "tolos" –, melhor será esta sociedade.

O ser humano é consciente de que, no processo de não se transformar em tolo, pode se tornar um perverso. Ser perverso é infringir a alma imoral. A criação de condições que melhor propiciem a transformação e a transgressão se traduz na intenção de não ser perverso. Por perversidade entenda-se a possibilidade de colocar em risco nossa sobrevivência a longo prazo. Não ser perverso é abrir mão da gratificação imediata ou conformar-se à moral estabelecida, o que traz os custos do que compreendemos como uma opção tola, que não nos beneficia. Quanto menos tolo se deseja ser, mais próximo se está de ser perverso. Somente o rompimento e a transcendência de certas convenções sociais e da moral permitem que alguém seja menos tolo sem ser mais perverso. Ser tolo é querer menos do que o "correto" e ser perverso é querer menos do que o "bom".

A PERVERSIDADE E A MEDIOCRIDADE

Toda a obra de Maimônides no campo da ética é baseada no que ele chamava de a "senda de ouro". E qual é o caminho ideal? É aquele que escapa aos extremismos e que busca a moderação. Esse caminho mediano entre extremos é considerado por Maimônides como a meta da sensibilidade humana.

Ao mesmo tempo, em oposição absoluta a essa colocação, encontramos a perspectiva do rabino Menachem Mendel, de Kotzk. Quando lhe perguntaram por que era tão radical e extremista, o rabino convidou seu inquisidor a se aproximar e disse: "Você vê? Os dois lados da estrada são para os seres humanos; apenas os cavalos transitam pelo meio!" Para o rabino de Kotzk, o caminho dos moderados, a mediatriz entre os extremos, é a "senda dos cavalos".

Se em teoria o "caminho do meio" nos parece mais equilibrado e maduro, em termos da alma o rabino de Kotzk tem razão – qual é o ser humano que, profundamente mobilizado por uma intenção e sedento pelo sagrado, pode deixar de ser passional e extremista? Como estar apaixonado e ser moderado? O "caminho do cavalo" representaria a postura daquele que teme a experiência radical de romper com o padrão e a expectativa da maioria.

O rabino Adin Steinsaltz* alerta para o fato de que a "senda de ouro" de Maimônides, o caminho moderado, não é apenas a

---

* The Golden Mean and the Horse Patch, 1958, Aleph Society Inc.

mediana entre os extremos, mas a fusão dos extremos. A "senda de ouro" não é o ponto médio, mas só pode ser experimentado a partir da aderência ou pertinência a um extremo. Em determinada situação, a "senda de ouro" pode coincidir com a trajetória do "caminho do cavalo", mas o último é o caminho que teme e evita a controvérsia; o primeiro, por sua vez, banca e se enriquece na controvérsia. A "senda de ouro" é a capacidade de manter uma relação saudável entre as diferentes perspectivas do animal moral e da alma imoral. A "senda do cavalo" é aquela que opta pelo conhecido, pela segurança e pela convenção.

A "senda do cavalo" é a busca do "correto" sem o "bom" ou do "bom" sem o "correto". É a crença de que a vida não acontece sob a tensão dessas duas buscas. Essa mediocridade que visa a contemporizar as tensões é perversa tanto para o indivíduo como para sua espécie. A médio e longo prazos tal conduta leva a estados de grande destrutividade e de elevado risco para a sobrevivência.

A mediocridade é a tentativa de permanecer acampado, não reconhecendo ou legitimando o mar que existe para ser transposto. Certo de que não é tolo, o acampado se consola, apesar de ser assombrado pelo terror de estar sendo perverso.

SEM MEDO DE SER PERVERSO

Uma das formas que o mar que nos impossibilita de caminhar assume em nosso imaginário é a da perversidade. "Não posso fazer isso" é uma expressão que nos paralisa e nos faz acampar. Magoar outras pessoas ou agir de maneira imoral para com nossa formação e educação são argumentos usados pelo corpo constantemente. Não há, no entanto, nenhuma maneira de ultrapassar o mar sem enfrentar a possibilidade de nossa perversidade.

O rabi Gerer (Newman, Mitnag'dim e Hassidim, p. 30) oferece um conselho que pode ajudar a vencer a inércia do medo de ser perverso. Ele disse: "Está escrito nos salmos que devemos primeiramente abandonar o 'mal' e só então fazer o 'bem'. Eu, no entanto, diria que, se você tem dificuldade em seguir este conselho, talvez baste que faça o 'bem' e o 'mal' irá automaticamente desaparecer."

Um dos grandes segredos de cruzar o mar é não mirar as possibilidades de produzir efeitos perversos, o "mal". Se não conseguimos controlar a realidade a ponto de nos assegurarmos de que não seremos perversos, talvez devamos ouvir o rabi Gerer – busque o "bem", e o que dessa margem do mar parecia acarretar o "mal" se desfará no próprio processo de fazer o "bem".

Quando se apresenta a situação de trocar o "correto" por um novo "correto" por conta de vislumbrarmos um "bom" importante que deve ser conquistado, estaremos sempre diante de perversidades. Elas, porém, fazem sentido a partir da perspectiva moral em que estamos imersos. O novo "correto" a ser estabelecido se encarregará de fazer com que o que antes era conceituado como "perverso" seja em realidade a melhor forma de não ser tolo.

A vida saberá nos julgar não apenas pelas "perversidades" que acreditamos poder evitar, mas também pelas "tolices" que nos permitimos. Os mestres das tradições espirituais, aqueles que se dedicam a compreender as necessidades da alma, não se impressionam nem um pouco com as "perversidades". Sua maior preocupação é com a tolice, o sacrifício idólatra de vitalidade por conta do temor de enfrentar a si e aos outros. Eles sempre se posicionam ao lado dos transgressores e desdenham os que não empreendem travessias de mares.

Numa situação bastante rotineira, o rabi Mendel, de Vorki, exemplifica essa conduta dos mestres: "Na semana do Ano Novo muitos peregrinos vieram até a Casa de Estudos em Vorki. Alguns estavam nas mesas estudando enquanto outros, que não puderam achar um lugar para passar a noite, arrumaram um canto para dormir. Justamente nesta hora de grande agitação, o rabino de Vorki entrou e, por conta do burburinho, ninguém notou sua presença. Primeiro olhou os que estudavam e depois os que estavam estirados pelo chão. 'A maneira como esses indivíduos dormem', disse ele, 'me apraz mais do que a maneira como esses outros estudam.'" (Buber, *Late Masters*, p. 302)

A honestidade do sono era maior do que a honestidade do estudo, e, mesmo que para um rabino o estudo seja um "correto" melhor do que o ato de dormir, ele soube dar preferência ao "bom" que se expressava na honestidade. Para ele, não há qualquer dúvida de que o "perverso" dos que dormem é irrelevante diante da "tolice" dos que estudam sem verdadeira intenção.

Satisfação e honestidade

O RABINO DE Lizensk dizia: "Quando uma pessoa deixa de ficar satisfeita com seu negócio ou com sua profissão, é certamente um sinal de que não o está conduzindo honestamente." (*New. Antho.* 194)

Esta correlação entre "satisfação" e "honestidade" é extremamente importante. Quando não se é "honesto", ou seja, quando formas de hipocrisia vão ganhando espaço e a conduta é marcada por dissimulações, paramos de sentir satisfação. Essa constatação do rabino se estende para qualquer relação que os seres humanos possam experimentar.

Numa relação amorosa, por exemplo, a intimidade que se expressa pela possibilidade de ser honesto e espontâneo é indicativa de satisfação. Um ser humano se sente justamente satisfeito quando consegue estar em dia com o que lhe é "correto" e o que lhe é "bom". A desonestidade é uma medida de impropriedade do que é "correto" ou do que é "bom". Para ser honesto, um indivíduo deve estar em ordem com suas obediências e suas transgressões. Esse estado é, com certeza, extremamente instável e seu equilíbrio, inconstante. Por isso nos é tão difícil ser honestos, pois as condições para que isso aconteça se constroem a cada instante.

Nesse sentido, o contrato entre indivíduos é uma prática bastante perigosa. Há momentos em que os contratos podem ser delineados, pois representam uma convergência de "correto" e de "bom" para dois indivíduos. Mas a constante redefinição do que é "correto" e do que é "bom" não permite que os contratos tenham vida longa a não ser que sejam constantemente redefinidos. Certa vez pediram ao rabi Bunan que tirasse uma dúvida sobre o texto bíblico no qual o patriarca Abraão faz um acordo com o rei Filisteu: "Está escrito que 'os dois fizeram um acordo'. Por que mencionar 'os dois'? Não seria uma redundância?" O rabi Bunan respondeu: "Penso que eles fizeram um acordo e assumiram um compromisso, mas não se tornaram um, e eles permaneceram 'dois'."

Grande parte dos contratos acaba por criar duas percepções diferentes do mesmo compromisso. Essas modificações podem ocorrer na maneira de compreender o que é "correto" ou mesmo o que é "bom". No momento em que se é "dois" num contrato, é claro que há insatisfação entre os dois contratantes e automaticamente há desonestidade. Trair será a consequência da tentativa de se manter esse contrato, uma vez que a tensão entre "correto" e "bom" for perdida e, como vimos, toda vez que isso ocorre produz-se uma medida de traição.

A partir da perspectiva do corpo, que se propõe a preservar, a traição é percebida como o crime maior e o rompimento com o "correto". Da perspectiva da alma, a traição é apenas a medida que promove mudanças e mutações e expõe a necessidade de um novo "bom" e a subsequente busca de um novo "correto".

O que devemos lembrar a todo instante é que, quando não nos sentimos satisfeitos (e esta é uma sensação que percebemos com relativa facilidade), estamos, por definição, sendo desonestos. As implicações dessa correlação são muito profundas e a alma depende dela para mobilizar e sensibilizar o corpo.

A necessidade de transgredir

O RABI ELIMELECH certa vez perguntou a seus discípulos: "Sabem qual é a distância entre o Ocidente e o Oriente?" Diante do silêncio, o rabino prosseguiu: "Uma simples volta."

Transgredir é um processo, e o momento em que nos voltamos para outra direção marca um novo segmento de nossas histórias individuais e coletivas. O corpo e sua moral, por sua vez, percebem esse ato como uma "desorientação". No entanto, transgredir é necessário.

O rabi Bunan (Buber, *Late Masters,* p. 257) adverte que os "pecados" que um indivíduo comete não são o pior crime realizado por ele. O verdadeiro grande crime do ser humano é que ele pode dar-se "uma simples volta" a qualquer momento, mas não o faz.

Para o rabi Bunan, o problema não é o tempo perdido ou as sandices cometidas no passado, mas o momento de agora, que é uma oportunidade não aproveitada para mudar o curso. Duas coisas ficam comprometidas pela ausência de transgressão: a qualidade de vida e a possibilidade de continuidade.

A qualidade da vida coletiva é prejudicada cada vez que um indivíduo não exerce todo o seu potencial transgressivo. A vida poderia ser melhor, produzir maior satisfação, mas os indivíduos se abstêm de seus direitos e com isso afetam o direito de todos.

Conta-se que um homem rico veio certa vez ao *maguid* de Koznitz.

"O que você costuma comer?", perguntou o *maguid*.

"Sou bastante modesto em minhas demandas", disse o homem rico. "Pão, sal e água é tudo de que necessito."

"O que você pensa que está fazendo?", o rabino reagiu em reprovação. "Deve comer carne e beber vinho como uma pessoa rica."

Mais tarde, seus discípulos questionaram a reação do mestre, e este explicou: "Até que ele coma carne e beba vinho, não vai compreender que o homem pobre precisa de pão. Enquanto ele se alimentar de pão, vai achar que o pobre pode alimentar-se de pedras."

Aquele que não faz uso de todo o potencial de sua vida, de alguma maneira diminui o potencial de todos os demais. Se fôssemos todos mais corajosos e temêssemos menos a possibilidade de sermos perversos, este seria um mundo de menos interdições desnecessárias e de melhor qualidade.

Toda interdição desnecessária é uma limitação e como tal diminui as chances de sobrevivência de uma espécie. A alma é fundamental no processo evolucionário, na tarefa de desfazer-se dessas interdições, assim como a reprodução e as demandas por obediência o são.

No que tange à capacidade de melhor adaptação ao mundo, a alma é o grande instrumento do ser humano. A alma encontra novos objetivos para a vida e, ao fazê-lo, fortalece indivíduos e a espécie, aumentando suas chances de sobrevivência.

O rabi Israel comentou: "Há justos que, tão logo tenham cumprido a tarefa de suas vidas neste mundo, são chamados a abandoná-lo. Porém há os justos que, no momento em que concluem sua tarefa neste mundo, recebem uma nova tarefa e vivem até sua realização." (Buber, *Early Masters*, p. 298) A nova tarefa que estende a existência e gera uma sobrevida é a capacidade de reorientar-se na vida. Dar a volta e encontrar novas tarefas, novos "bons", é receber nova força vital. É através da alma que essas novas tarefas se fazem conhecidas. Quem tem coragem de bancá-las não conhece a depressão.

Hoje, por exemplo, é muito comum as pessoas cumprirem sua "tarefa" de procriar e prover as condições mínimas de sobrevivência a seus descendentes e fazê-lo ainda em sua meia-idade. O que fazer quando os filhos estão crescidos e com um rumo próprio e os pais têm em torno de cinquenta anos? O que fazer com os trinta anos em média que restam, ou seja, com mais uma vida inteira por ser vivida? Muitas pessoas descobrem que sua sobrevida depende de novas tarefas. Alguns desfazem os laços de seus contratos passados, alguns conseguem renegociá-los. Mas os que não o fazem, os que não usam sua alma para recriar tarefas, diminuem suas chances de sobrevivência.

Isto é real para o indivíduo e também para a espécie humana. A capacidade de trair o compromisso com "tarefas" já cumpridas e a criação de novas "tarefas", definindo a relação da espécie com seu meio ambiente, são renovações do direito à existência. Por isso procriamos e por isso também somos mutantes. A mutação estende nossos vistos de permanência na sociedade da vida, porque a própria vida é a possibilidade de definir tarefas para si mesmo.

As "lógicas da alma" revelam a intenção transcendente da questão espiritual. Essa transcendência diz respeito também à cultura e à moral. A rebeldia que a busca do espírito instaura faz da alma um instrumento para o rompimento com normas, padrões e paradigmas.

A tradição é a codificação de princípios que permitem ao ser humano compreender a realidade à sua volta e com isso aumentar suas chances de fazer o que é esperado dele. Entre o que se espera da espécie está sem dúvida sua preservação, mas também a execução da missão estabelecida por seu potencial. A tradição contém em si o grande conflito existencial humano, que exige negociações constantes entre esses dois polos. Sua história é marcada por controvérsia e seu território se tornou arena para essa encarniçada disputa entre o que é o "bom" do momento e um outro "bom" potencial que só se concretizará com o abandono do primeiro.

A difícil tarefa da tradição – de ser o compromisso com o passado em meio às demandas do futuro – faz com que seja campo fértil para a traição.

III.
TRAIÇÃO JUDAICO-CRISTÃ

O MAIS IMPORTANTE modelo de traição e tradição se encontra na história da relação entre judaísmo e cristianismo. Não há outro exemplo tão rico em simbolismos na história do Ocidente quanto os episódios que fizeram da relação dessas tradições um campo de batalha para as dificuldades de acerto entre o corpo e a alma, entre a moral e as transgressões.

Se analisarmos a compreensão dos fatos que marcaram o nascimento da tradição cristã e seu discurso, vamos desvendar uma interessante relação entre tradição e traição. O interesse em se atentar para a fala da tradição cristã em vez da judaica se deve a dois fatos: 1) a "paixão fundadora" da tradição cristã está repleta de situações de "traição"; e 2) o cristianismo incorpora o judaísmo em sua simbologia, mitologia e teologia, enquanto o contrário não ocorre, pelo menos de maneira tão direta. Em realidade, o cristianismo está mais presente no imaginário do judeu, que viveu séculos de disputas, controvérsias e perseguições, do que no judaísmo propriamente. O exílio, por exemplo, que para o judaísmo talvez seja o elemento simbólico mais significativo dos quase dois mil anos dessa relação, não tem na tradição cristã, nos eventos fundadores do cristianismo ou na própria pessoa de Jesus – um referencial teológico. O exílio é um conceito amplo em que os cristãos têm um papel histórico importante, mas a eles não é atribuída qualquer causalidade ou valor simbólico.

Qual é a percepção cristã a respeito dos judeus que ainda perdura neste final de século? Mesmo com a maciça revelação de dados históricos e uma relação de maior tolerância, a percepção coletiva ainda é a do judeu traidor. O judeu é a figura macabra do deicida, do assassino de D'us. Sua moral, seu "correto", não foi capaz de aceitar o novo "bom" e ele preferiu apegar-se à sua moral, que se distanciara muito desse novo "bom". Eles são corruptos e indecentes, portanto, pois assim são os que preservam "corretos" inadequados à realidade. Eles foram capazes de escolher pela liberdade de um criminoso e condenar um homem justo e puro em intenções. Em nome da moral do corpo, da lei e da tradição, os judeus são traidores natos. Muitos creem que a própria origem da palavra "judeu" seja "Judas", o traidor.*

A ambientação extremamente cativante dos eventos da vida de Jesus está expressa na condição de paixão, que produz a expectativa de correspondências e fidelidades que frequentemente terminam em processos de traição. É interessante notar como a visão cristã do judaísmo o identifica como representante do "corpo", disposto a impedir de todas as formas a transgressão da alma proposta por Jesus e, simbolicamente, pelo cristianismo. Um "novo coração", na linguagem dos próprios profetas hebreus, foi o que seus descendentes judeus recusaram. Esse

---

* Judeu (*Ie-u-da*, grato a Deus) – cidadania daquele que pertencia à tribo de Judá. Esta tribo, a última a manter a soberania entre as doze tribos da Israel bíblica, é a origem de todos os israelitas que mantiveram sua identidade ao longo dos tempos. O próprio Jesus tinha esta cidadania e era, portanto, um judeu, um *Ie-u-di*. Judas ou, Ie-u-da, o mesmo nome da tribo, era utilizado amplamenre como nome próprio. A personificação de Judas Iscariotes como sendo o próprio judeu ou a própria Judeia facilitou a identificação dos judeus com o estereótipo do traidor e do delator.

"novo coração" era a proposta transgressora da alma, sem a qual o futuro melhor, a vida marcada pelo sonho messiânico de dias melhores, não chegaria. Os judeus representariam interesses imediatos – o dinheiro, o fastio e a gratificação do corpo. Incapazes de sacrificar seu animal moral, prefeririam permanecer acampados de frente para o mar e crucificar qualquer um que se dissesse disposto a atravessá-lo; priorizariam a lei ao amor. Tentados pela inércia e pelo conservadorismo e por seus medos diabólicos, os judeus teriam impedido a construção de um mundo melhor, de um futuro que não podiam aceitar de forma alguma.

No entanto, mesmo "judiando" do corpo do fundador e primeiro desses homens de "novo coração", não conseguiram sacrificar sua alma. Esta alma perdura para todo o sempre, assombrando o corpo e a moral de todas as gerações subsequentes, de todos os "judeus" que quiserem impedir a formação de uma rede de solidariedade e compaixão entre os seres humanos, dando fim à iniquidade da indiferença e da injustiça.

A entrega do corpo de Jesus em nome de todas as almas é o sacrifício que cada um deve poder fazer por conta da lealdade à sua alma. Jesus morre por todos e ressuscita por todos. Diferente de Abraão, pai de uma multidão e promessa de fertilidade, Jesus é celibatário e dá à luz não a corpos, mas a almas. Pai de todas as almas, mártir por suas causas, Jesus se contrapõe ao judeu – este último defensor violento da moral animal, da tradição, da propriedade e do *establishment* (da família).

Assim é apresentado o judeu, que por vezes aparece sob o título de "fariseu", cujo significado simbólico passou a ser aquele que tem interesse em bloquear a chegada do novo "bom".

As primeiras traições

O NASCIMENTO DE Jesus é o primeiro indicativo de que se desencadeiam forças intensas passionais nas relações entre "correto" e "bom". É no período da invasão romana da Palestina que os judeus fazem uma importante modificação em sua lei. Até então seguindo uma tradição patrilinear, em que os direitos, títulos e identidade eram passados de pai para filho, o judaísmo se tornou matrilinear, ou seja, as relações entre uma geração e a seguinte se estabeleciam de mãe para filho. Para um judaísmo calcado em seu texto bíblico patriarcal, esse novo "correto" para a lei exigia a existência de algum novo "bom" muito significativo que justificasse uma mudança tão radical e com tantas implicações.

A mudança para a matrilinearidade ocorreu justamente por conta da invasão romana. Violentas no trato de seus conquistados, as legiões romanas ficaram conhecidas por uma prática comum nas invasões do passado: o estupro. Para o exército romano, o significado simbólico de poder tomar as filhas da nação conquistada era fazer uso dessa nação.

A família traída, a usurpação da descendência, os ventres de Israel semeados por outro povo eram um ataque por demais frontal à sobrevivência. Que esses ventres trouxessem ao mundo filhos de Roma era mais do que apenas saquear o presente e obliterar o passado de Israel – era apossar-se de seu futuro. A matrilinearidade trazia a solução legal para o status dessas crianças sem pais de Israel e garantia que elas seriam a continuidade de um povo que não se permitia subjugar. Nos casos de estupro, em particular, em que as crianças teriam o status de bastardas, fazia-se necessária uma nova compreensão simbólica da condição. Estava em jogo, na verdade, a continuidade da semente paterna, que durante séculos havia sido a referência de continuidade e preservação da família e da nação e, de forma metafórica, da própria espécie. O redentor da continuidade não estava mais dentro da ordem natural, do corpo e da procriação, mas no plano de uma compreensão simbólica que desobedecia ao "correto" do passado e com ele rompia, propondo uma nova forma "traidora" de se perceber a realidade.

Repetia-se uma descoberta feita já nos tempos de Adão e Eva: a preservação da espécie depende das obediências e desobediências ao *status quo*, ou às desobediências à moral animal de um momento. A moral de Adão e Eva, que os proibia de provar da árvore, precisou ser rompida para que a verdadeira continuidade da espécie humana pudesse ocorrer.

A salvação pela traição: linhagem messiânica

UMA DAS QUESTÕES mais intrigantes das genealogias bíblicas é a ascendência do Messias. Tradicionalmente identificado como um descendente da Casa de David, o Messias é herdeiro de uma interessante linhagem, marcada por profundas transgressões, que o antropólogo Lévi-Strauss* aponta em análise do texto bíblico. Vamos fazer uma breve síntese desta genealogia.

No texto de Gênese (XIX), temos o relato da destruição das duas cidades perversas de Sodoma e Gomorra. Sociedades com profundos distúrbios entre o "correto" e o "bom" aos olhos do Eterno, acabaram por ser destruídas de maneira catastrófica. O único núcleo familiar que escapou com vida era o de Lot, sua mulher e as duas filhas que o acompanhavam. No entanto, ao se voltar para olhar o que sucedia nas cidades e de que maneira eram destruídas, a mulher de Lot foi transformada em estátua de sal. Lot e as duas filhas se esconderam assustados numa caverna. Acreditando que o mundo todo havia sido destruído, o texto bíblico (Gên. 19:31) reproduz o seguinte diálogo entre a filha mais velha e a menor:

"'Nosso pai está velho, e na terra não ficou homem algum a que nos possamos unir, conforme o uso de toda a terra. Embria-

---
* *The Structural Study of Myth*, Nova York, Anchor Books, 1972.

guemos nosso pai com vinho, e durmamos com ele; deste modo conceberemos filhos de nosso pai.' Naquela noite deram vinho ao pai e a mais velha foi deitar-se a seu lado. Ele porém não sentiu quando a filha se deitou, nem quando se levantou. No dia seguinte disse a mais velha à outra: 'Ontem de noite dormi com meu pai; demos-lhe a beber vinho mais esta noite, e tu irás dormir com ele. Assim ambas conceberemos filhos de nosso pai.' (...) E assim as duas filhas de Lot conceberam de seu pai. A mais velha deu à luz um filho e lhe pôs o nome de 'Moab'. É o pai dos moabitas de hoje. A menor também deu à luz um filho a que chamou de 'Ben-Ammi'. É o pai dos amonitas de hoje."

Ao pensarem que a hecatombe era mundial, as filhas de Lot se sentiram responsáveis pela continuidade da espécie. Em termos bíblicos, estavam dando continuidade à semente do pai, cuja preservação estava ameaçada. Os filhos gerados dessas relações trazem no nome esta distinção – são filhos do pai e filhos do povo. As filhas de Lot haviam salvo a continuidade tanto do pai como do povo. A solução encontrada, no entanto, é um incesto transgressivo das leis da própria Bíblia. O "bom" que é a preservação da espécie fica aqui salvaguardado por um novo "correto" que é a traição da própria lei, mas que o texto bíblico não condena ou julga. Estava iniciada uma das linhagens da descendência de David e, por consequência, do Messias.

Mais adiante no relato bíblico (Gên. XXXVIII) encontramos uma segunda linhagem. Trata-se do episódio em que Judá, filho de Jacob, não cumpre com sua obrigação (a lei) do levirato. De acordo com essa antiga lei, se um homem casado viesse a morrer sem deixar filhos, seu irmão (ou parente mais próximo) deveria tomar a viúva por esposa e fazer dar à luz a descendência do primeiro marido falecido. Estes "redentores da semente" tinham uma função muito importante e respeitada no período bíblico.

Judá teve três filhos: Er, Onan e Selá, e tomou para o filho primogênito uma mulher chamada Tamar. Er, porém, morreu sem deixar descendentes e Onan foi obrigado pelo pai a cumprir a lei do levirato. No entanto, "Onan sabia que os filhos que nasceriam não seriam seus, e por isso, cada vez que se unia à mulher de seu irmão, deixava cair por terra o sêmen, para não dar descendência a seu irmão". Esta é a origem do termo "onanismo" (masturbação) por conta da atitude de Onan de negar e desperdiçar sua semente.

"Disse então Judá à sua nora: 'Volta como viúva para a casa de teu pai até que Selá tenha crescido.' Ele dizia consigo mesmo: 'Não convém que este morra como seus irmãos.'" E o tempo foi passando sem que um redentor desse continuidade, através de Tamar, à semente dos filhos de Judá. Neste meio tempo, Judá também ficou viúvo e disseram a Tamar que ele fora ao campo tosquiar seu rebanho. Tamar se vestiu como uma prostituta e seduziu Judá. Como Judá não tinha no momento como pagar, deixou com ela penhores que não conseguiu mais reaver, pois a suposta "prostituta" desapareceu.

Passados alguns meses, anunciaram a Judá que a nora estava grávida e ele exigiu que a punissem com a morte por haver cometido adultério. Tamar mostrou então os penhores que guardara e Judá, envergonhado, reconheceu que ela agira de maneira correta ao redimir a semente que lhe havia sido negada. Tamar deu à luz gêmeos: Farés e Zara.

Novamente, a "redenção" da semente ou a preservação acontece de forma irregular. Tamar não é apenas dissimulada quando se faz passar por prostituta (como no embebedamento de Lot pelas filhas), mas há indícios incestuosos, uma vez que ela redime a semente do marido através do sogro e não do cunhado. A transgressão, imposta mais uma vez pela mulher, restabelece a possibilidade da continuidade. A lei é cumprida pela desobediência e pela traição.

Essas duas diferentes linhagens oriundas de transgressões com o objetivo de preservar a continuidade voltam a se cruzar na história de Rute. Nesse relato, ambientado no campo durante o período da colheita, há um duplo sentido da palavra "semente".

Um indivíduo da tribo de Judá chamado Elimelech migrou com sua família – a esposa Noemi e os dois filhos para as terras de Moab, por conta de uma forte seca. Em Moab seus filhos casaram com mulheres moabitas e Elimelech veio a falecer. Não tardou e seus dois filhos também morreram. Noemi liberou suas duas noras moabitas de qualquer responsabilidade para com ela, insistindo que reconstruíssem suas vidas, uma vez que eram jovens. Uma delas, Rute, insistiu em não a abandonar, pois sabia que sem ela, jovem, Noemi jamais conseguiria resgatar a semente do marido. Sem filhos vivos, é como se Noemi se encaixasse na lei do levirato para poder redimir a descendência do marido.

A história, repleta de detalhes bastante ricos em simbolismo, mostra como Rute conseguiu resgatar a continuidade da família. Como uma mendiga, Rute foi "colher" os restos de "semente" do campo de Booz, um rico parente de Elimelech. Booz se interessou por Rute, mesmo sendo de uma geração mais velha – da mesma faixa etária de Elimelech, sogro de Rute – e lhe ofereceu "sementes" para que não viesse a morrer de fome.

Noemi e Rute se entusiasmaram com a possibilidade de resgatar a "semente" de seus maridos e Rute se preparou, com a ajuda de Noemi, para seduzir Booz. Em meio à festa do fim da colheita, cercados de sementes por todos os lados, Rute embebedou Booz e o texto se torna obscuro quanto a ter conseguido do rico agricultor a "semente" para resolver o problema de sua descendência.

De qualquer maneira, Booz acabou por resgatar Rute, tornando-a sua esposa, e o leitor descobre no último capítulo que Booz é descendente de Farés, o filho de Judá com a nora Tamar. A moabita Rute, por sua vez, descende de Moab, o filho incestuoso de Lot com a filha mais velha. Da união dessas duas linhagens transgressivas, através de Booz e Rute, descenderá o rei David. E da Casa de David surgirá o Messias em realidade, um descendente de "salvadores e redentores" de "semente" através de atos transgressivos.

Não há dúvida de que temos um padrão iniciado por Eva, que envolve Adão, a filha mais velha que embriaga Lot, a nora que engana Judá, e Rute, que seduz Booz. Em todos os casos, a mulher constrói, pelo erro, a caminhada da humanidade e resgata não apenas sua semente, mas o próprio futuro.

Lévi-Strauss mostra o gradual ocultamento do ato incestuoso, que começara explícito entre Lot e suas filhas e termina quase obliterado no casal Booz e Rute. Oculta-se a transgressão, mas, na verdade, ela orienta os destinos do corpo.

A questão fundamental parece ser o fato de que, por processos naturais, pela lei e por aquilo que é "correto", não se consegue atingir o "bom" desejado. É necessário criar uma nova ordem, que pode ser extremamente imoral num dado instante, mas que salvará a continuidade e a preservação. A capacidade de apostar nesse caminho representa a valorização da alma, que submete o corpo e sua moral animal ao colapso.

Igual "transgressão" encontramos na família de Moisés. Embora não descenda da linhagem messiânica, Moisés atuará historicamente como o redentor de Israel no episódio da saída do Egito. Aparentemente sem importância para o relato dos eventos, o texto bíblico (Ex. 6:20) faz questão de informar que Moisés descende de um sobrinho (Amran) que se casa com a tia (Iocheved). O próprio texto bíblico (Lev. 18:12) proíbe esse tipo de casamento, colocando-o entre as relações consideradas incestuosas. A história de Moisés revela o mesmo tema da semente ameaçada. O faraó decreta a aniquilação da "semente" e esta é preservada não só pelo casamento proibido dos pais de Moisés, mas também pela atuação da mulher nesse resgate.

Como nos relatos dos antepassados do Messias (filhas de Lot, Tamar e Rute), cabe à mulher decidir os rumos dessa transgressão, que será redentora. No caso específico, há uma parceria de mulheres entre as parteiras (que desobedecem a ordem de matar os recém-nascidos), a mãe de Moisés e sua irmã (que resgatam a semente, colocando-a em uma cesta no Nilo) e também da filha do faraó (que conclui o resgate). Cabe à mulher resgatar a semente, mesmo fazendo uso de estratégias transgressivas à moral vigente para atingir o objetivo.

Os ancestrais do Messias foram traidores da moral e dos costumes, e, para o mundo do *establishment*, não há nada mais demoníaco e ameaçador do que os interesses daqueles que rompem com a ordem para garantir a melhor qualidade possível para a sobrevivência individual e coletiva. Quando visto a partir da perspectiva da preservação, o Messias tem sua representação no imaginário humano como um subversivo, um niilista e um herege.

DERRADEIRAS TRANSGRESSÕES

Não é difícil identificar, no período da invasão romana, os sinais que caracterizavam os possíveis salvadores. Estes teriam de ser candidatos à redenção da semente de Israel. Não se queria apenas um restaurador da autonomia do povo judeu, mas, acima de tudo, alguém que pudesse resgatar o pai – a nação sem semente.

A possibilidade de as mulheres que engravidassem por meio do estupro buscarem um redentor está assinalada na lei pela mudança da patrilinearidade para a matrilinearidade. No nível popular dos mitos, porém, isso era apenas uma formalidade. Era necessário criar uma nova concepção para que a descendência de Israel fosse preservada. Não se tratava da falta de filhos para um pai, mas de filhos sem paternidade. Alguém deveria assumir a paternidade desses filhos que, ao contrário de marginais, eram a esperança de transformação de uma situação de tragédia em um milagre. Caberia a D'us – e ninguém menos do que o Criador, o pai de todos – assumir essa paternidade.

Criava-se assim uma continuação da genealogia do Messias. Da mesma forma que a filha de Lot, Tamar e Rute também Miriam (Maria) conseguiria resgatar a semente de Israel. Uma Miriam que, diferente de suas antecessoras, estaria totalmente protegida da transgressão, em que a concepção imaculada escondia um fato curioso – o pai de Jesus é o Pai de todos. Ou seja, era Pai também de Miriam e ela dera à luz um verdadeiro descendente de Moab – de seu pai –, como o fizera a filha de Lot, a primeira da genealogia do Messias.

Espero que esteja bastante claro que esta é uma perspectiva histórica e não impõe qualquer conclusão teológica. Em realidade, através dessa leitura, se expõe uma louvável inversão do povo judeu em suas camadas mais humildes: o reconhecimento do início de sua libertação no episódio de tragédia nacional. O que parecia representar o poder de conquista romano – desonrar o útero do povo judeu – transformou-se na revolução maior, por lançar mão da traição e da transgressão como instrumentos para neutralizar o que há de sórdido neste mundo. Como na visão profética as espadas se converterão em relhas de arado e as lanças em foices, o marginal produzirá o santo. O que aparentemente é "incorreto", quando aliado à capacidade humana de redesenhar o "bom", permite o apontamento de um novo "correto", que por sua vez transforma a realidade profana em sagrada.

Não é mera coincidência o fato de Jesus nascer em *chanuka*, na festa das luzes, em pleno solstício de inverno. A noite mais escura do ano produz a festa da esperança, a festa de acender luzes em meio à escuridão. Essa luz não é real, é criação da esperança humana e, em certa medida, a transgressão do estado natural da noite. Representa, acima de tudo, a possibilidade de que das trevas, da profanação, surja a luz que conduzirá à primavera e também ao sagrado. Essa subversão, que já existia na tradição judaica com a ideia de reinauguração do templo no período dos macabeus – quando a "casa de D'us" foi recuperada da impureza da idolatria –, é marcada pelo conceito do poder marginal. O que é impuro pode tornar-se mais puro do que aquilo que já é puro por natureza. O dia mais longo do ano não produz o efeito de esperança que a noite mais longa do ano pode produzir. Esta é a perspectiva do poder marginal presente na cultura hebraica: o menor, o mais fraco, o que mais experimentou os rigores da vida e da injustiça, este é, na verdade, o super-homem.

Quando, em pleno século XX, um judeu criou o personagem de história em quadrinhos Super-Homem, desejava fazer uma leitura simbólica de seu mundo, muito marcado pela metáfora judaica. Apesar da destruição do mundo dos judeus Europa/Kripton –, sobrevive no novo mundo aquele que será o redentor da semente. "O outro", o filho que não é filho, cai no seio de uma típica família americana, mas mesmo assim resgatará a semente. Esse marginal redentor de sua espécie é, na aparência, o frágil Clark Kent; em seu íntimo, porém, habita o supra-humano – o mutante. O sobrevivente é o mutante que se fez diferente e mais poderoso, pois para sobreviver teve de necessariamente salvar seu corpo, mas, sobretudo, foi obrigado a rever "corretos" e "bons". Em Kripton, o super-homem é um comum. Ao sobreviver, atravessando de uma margem a outra, de um planeta a outro, descobre que tem diversos poderes.

O escuro que se faz claro pela esperança humana é simbólico do poder que tem, por ser marginal, aquele que não é protótipo do "corpo perfeito".

Nos salmos (146) já se desenha a ideia de que o poder divino do D'us de Israel emana por ser o protetor do estrangeiro, da viúva e do órfão. Diferente da expectativa de que a força e a virilidade sejam os melhores meios para obter a continuação da espécie, aos poucos se delineia, para Israel, a noção de que o futuro será produzido pelo fraco, desde que este seja um transgressor. A família adequada ou a conduta correta não produzem o melhor indivíduo da espécie, como o fazem o órfão, a viúva, o estrangeiro, o doente, a prostituta.

Tal como o patriarca Abraão, aquele que souber sair de "sua casa e de sua cultura" – o estrangeiro ou o marginal – é o super-homem que o futuro irá produzir em escala coletiva.

Mesmo na tradição judaica rabínica, o Messias, muitas vezes representado pelo profeta Elias – aquele que anuncia sua chegada –, se disfarça de marginal. Ele é o mendigo que, externamente, não impõe respeito, mas que, em essência, é esse homem desapegado e, como tal, poderoso. Da mesma forma que o órfão, o bastardo também é um estrangeiro, e grande é o seu potencial de ser o novo "escolhido", o verdadeiro redentor transgressivo da semente.

A paixão que produz um modelo messiânico não poderia advir de uma família modelar, exemplo da melhor moral animal. Este é o resultado obtido da capacidade de transcender o que é "correto". Mas a origem histórica dessa inversão é uma família modelar do sofrimento nacional e da ferida aberta da "redenção da semente de Israel".

Nenhuma família do passado de Israel era exemplar. Patriarcas e matriarcas trazem traços de personalidade difíceis, fraquezas e mesmo limitações que fazem parte do grande drama de transformar o mundano em sagrado. Sua memória é intocável e a representação desses arquétipos aparece como santa, mas somente após passar por um profundo processo de transgressão da cultura e da moral vigente. O leitor que tentar compreender suas vidas de forma literal não entenderá de que forma esses seres saem imaculados sem transgredir expectativas de perfeição e, portanto, modelos da moral.

Diante da ameaça de destruição nacional, para Israel o símbolo messiânico de "redenção da semente" se torna prioritário, pois seu destino é ser "pai de uma multidão". Não um pai por multiplicação e frutificação exclusivamente, mas "pai" de todos os que buscarem transgredir o Éden protegido da moral e da cultura, que é reconstituído a cada geração.

A cada geração se delimita novamente um "jardim", um território, que dá conta da preocupação reprodutiva do ser humano. Essa moral é, aparentemente, a maneira de se obter coletivamente o melhor resultado da perpetuação da espécie. Cabe a cada uma das gerações repetir o ato de desobediência à primeira família e perpetuar não só a espécie humana, mas também sua natureza – a de co-criador e a de única espécie a conceituar não apenas mandamentos divinos, mas também proibições divinas.

JULGAMENTO DO CORPO E DA ALMA

Uma das mais difíceis verdades que devem ser restabelecidas é que Jesus falava em linguagem judaica. Seus valores e seu discurso não se afastam em momento algum do material encontrado no passado de Israel, seja nas figuras dos patriarcas e matriarcas, nos símbolos libertários do êxodo do Egito, na cobrança e poesia dos profetas ou até mesmo da fala judaica que lhe é contemporânea, encontrada em tratados como a Ética dos Ancestrais. Este último trabalho, material de interesse para qualquer um que queira resgatar os valores e o discurso do período, representa uma proposta de herança ética. Nele se encontram ensinamentos que aconselham a desconfiança, a redefinição do próprio poder, o desapego às ilusões materiais e a dedicação ao estudo e ao crescimento pessoal. É um trabalho cujo fundamento é dar legitimidade ao que no passado aparece como a transgressão maior: cumprir-se o destino de fazer uso da árvore da sabedoria.

Quando Jesus acusa a liderança sacerdotal de estar mancomunada com o poder romano, vendendo a "semente" de Israel por interesses imediatistas, este é o discurso do povo. Como representante dessa voz e de sua própria condição marginal, o papel atribuído ao Jesus histórico é o de redentor da verdadeira causa de Israel. Por ser redentor da semente, ele também propunha para Israel um caminho de "saídas" da terra da acomodação em busca de novos "corretos".

As tramas políticas desvendam os interesses romanos e dos privilegiados de Israel, que não questionavam seu poder, em contraposição aos da maioria do povo de Israel, que entendia que a "semente" estava ameaçada e necessitava com urgência de um redentor. Ao poder romano se contrapõem na verdade os judeus, o que representa uma realidade bastante diferente da que propagou a Igreja em seus primórdios. Para esta, Jesus representava um novo judeu em oposição ao "antigo", sendo Roma o poder neutro que lava as mãos.

Uma das passagens mais intrigantes do relato dos Evangelhos é o julgamento popular de Jesus, quando também se realiza o julgamento do ladrão Barrabás. Essa passagem tem profundas consequências, pois lança sobre os judeus a culpa da execução de Jesus, uma vez que estes escolhem a libertação do delinquente e a condenação do santo. A quem, no entanto, se condenava? Seria aquele que se desviara do que é "correto" sem propor um novo "bom" – Barrabás – ou o que se desviara do "correto" propondo um novo "bom" – Jesus? Simbolicamente, o que se decidia era isto.

Há, porém, um detalhe intrigante. O nome de Barrabás, ou *Bar ha-aba*, de origem aramaica, traduz-se literalmente como "o filho do pai". É importante ressaltar que, na tradição judaica, as pessoas não possuíam sobrenomes e se tratavam por "fulano filho de ciclano". Os indivíduos que não tivessem paternidade definida poderiam se chamar "filho do pai" de forma simbólica – uma paternidade divina – ou até mesmo de forma irônica. Essa denominação, que está no centro das tensões messiânicas de redenção dos filhos sem pai que ameaçam a continuidade dos judeus, é muito significativa. Vários autores modernos, inclusive o polêmico filme sobre a vida de Jesus – *A última tentação de Cristo* –, apontam para as diferentes possibilidades desse julgamento. Uma delas, abordada pelo filme, é de que Jesus não teria sido condenado e que não haveria dois a serem julgados, mas apenas um – Jesus, o *bar ha-aba*, o filho do pai.

No entanto, outra possibilidade simbólica pode ser apontada: a de que se trata do julgamento do "correto", e do "bom".

A quem se daria preferência: ao "correto", que é a verdadeira origem biológica daquele que carrega o estigma de ser "o filho sem pai", ou ao "bom", que é a compreensão de Jesus como a real transformação pela transgressão, que impõe um novo correto. Em outras palavras, o que estaria sendo julgado, o corpo, que denota a verdadeira origem da "semente", ou a alma, a capacidade de reler a realidade sob o prisma da transgressão? De um lado estaria a moral, que vê no "filho de um pai" o bastardo; do outro, a imoralidade do "filho do Pai", que é sobre-humano.

Quem dá o veredito é o *establishment* e para este não há dúvida – crucifica-se a transgressão, pois ela ameaça a moral animal. Ela expõe a nudez que constrange a todos. Ela fere o verdadeiro senso de família e rapidamente coloca em perigo a propriedade e a tradição. Os judeus não faziam parte do *establishment*, eles eram os conquistados, os oprimidos e os subjugados, por isso é incorreto supor que seus interesses estivessem aí representados. Roma simboliza o *establishment*, que, através dos filtros e das maquiagens históricas, emerge como mero espectador dos acontecimentos.

Os milhares de judeus mártires desse período, companheiros do Jesus histórico na resistência ao *establishment*, atestam essa realidade. Muitos dos que com ele foram presos na celebração da Páscoa judaica (do Pessach) sonhavam com o restabelecimento da liberdade transgressiva do passado, quando o povo ousou transpor o mar, vencendo a inércia dos acampamentos e da alienação. O *establishment* representado por Roma e por seus colaboradores não teve dúvida sobre quem condenar. A alma imoral deveria ser punida severamente por colocar em xeque as lógicas do corpo.

TRAIDOR TRAÍDO

As buscas da alma são muito assustadoras. Elas permitem vislumbrar o novo "bom" possível, mas não necessariamente o novo "correto" que o acompanhará. A ausência desse novo "correto" ameaça profundamente o ser humano, e de forma inconsciente. A sobrevivência do próprio corpo parece ficar ameaçada diante das posturas da alma, e nossos compromissos com o corpo são inalienáveis. O mandamento de preservação da espécie ou do corpo é suficientemente poderoso para nos fazer duvidar do acerto de nossas transgressões ou mesmo resistir à sua tentação.

Jesus é traído por ser o protagonista de uma paixão, expondo-se como "traidor" dos bons costumes e da moral. Sua radicalidade na defesa das causas da alma criaram temores de que, em vez de "redentor da semente", ele terminasse por expô-la a grandes riscos, diminuindo sua chance de redenção. O mandamento positivo de procriar e preservar é capaz de gerar reações violentas à proposta de sublevação e redefinição do "correto".

A grande traição a Jesus não foi, no entanto, cometida pelos judeus. Afinal, ser mártir num país dominado e exposto a grande pressão por parte do dominador não é algo tão incomum. Não surpreende que o desafio ao poder de forma tão incisiva acabasse gerando uma violência das proporções de uma crucificação. Roma não trai Jesus, pois o sacrifica por reconhecê-lo como um inimigo bastante perigoso desde o início. Os judeus não o traem, pois partilham com ele um destino penoso por uma única razão – tal como seu bom cidadão Jesus, produto de sua cultura, ou tal como o valor reconhecido na transgressão existente em sua história passada, os judeus prosseguiram desafiando poderes constituídos e aceitando apenas a soberania última de seu D'us. O não enquadramento dos judeus como conquistados, sua obstinada luta pelo estabelecimento de um novo "bom" e a fé de que os "corretos" necessários se constituiriam naturalmente marcaram a caminhada dos judeus e seu exílio.

A Igreja Católica Romana dos primeiros séculos, no entanto, realizou uma outra leitura simbólica. Passou-se a representar Jesus como o organizador da família ideal, símbolo maior da propriedade e da tradição, guardião da moral universal. Obliterou-se a transgressão que transforma o "filho de um pai" em "filho do Pai" e abraçou-se uma moral que policiava condutas, que não poderiam ser minimamente desviantes. A Igreja Católica tornou-se pouco a pouco guardiã do corpo e inimiga das tentações da alma, instaurou o conceito de "pecado original" para descrever a transgressão de Adão e Eva e lhes deu um caráter reprovável.

Qualquer um que dissesse coisas diferentes da traição era condenado e transformaram o judeu – categoria que se aplicava a Jesus histórica, ideológica e simbolicamente – em traidor. O judeu passou a ser a força motriz dos interesses do "corpo" em oposição aos da "alma", interessado na rigidez da lei e descartando a flexibilidade transgressiva da compaixão. O "corpo", por sua vez, passava a ser interpretado como o gerador das tentações e das transgressões, enquanto a "alma" se transformava no reduto da pureza e da essência não mutante do ser humano.

A família perfeita não era mais composta pelo transgressivo reintegrado à categoria de "correto", mas pelo próprio "correto". Já a família modelar era constituída por mulheres dedicadas à religião, freiras, casadas com Jesus, reproduzindo a conduta de Maria; ou de padres celibatários, que reproduziam a própria figura de Jesus. O corpo, agora transgressivo, ameaçava a pureza da alma, que era responsável por um mundo adequado que levaria ao cumprimento dos interesses maiores do ser humano. O bom comportamento, os dogmas e a hierarquia eram as armas da alma para exorcizar as diabólicas transgressões do corpo. A linguagem mudou e os interesses que antes eram considerados do corpo – o conjunto de atitudes que visam à preservação da espécie utilizando uma moral que garanta as melhores condições para isso – passaram a ser vistos como da alma. A "alma a ser salva" dos infiéis é a nova linguagem para "a redenção da semente". Abandonava-se a linguagem do "corpo" – semente – e adotava-se uma nova, que destruía a dimensão mundana das tarefas humanas. Jesus, que representara o interesse da marginalidade – o órfão, o enfermo, a prostituta, até mesmo seu povo indefeso e obstinado por liberdade – desafiando o *establishment*, passa a ser representante de segmentos com os quais havia entrado em conflito ao custo da própria vida.

Jesus fora morto pelos interesses do corpo, que se opunham à sua conduta pelos interesses da alma. A alma, agora dissimulando o corpo, condena o corpo, que oculta a alma. Sobre o cadafalso montado para se executar o "corpo" – e com ele suas escaramuças diabólicas para impedir um novo "bom" para a humanidade –, ao tirar-se o capuz do réu, há uma exclamação de surpresa da multidão: não é o corpo que executam, mas a alma. A crucificação continuaria perpetrada pelos interesses da moral e do *establishment*.

A SAGA DE JUDAS

Os eventos que sucederam no primeiro século da Era Comum mostraram dois rumos diversos de reorganização para a Igreja

Romana e o judaísmo. Enquanto a Igreja se estabelecia como parte do Império Romano e se organizava sob a estrutura do passado, recriando o Templo e sua hierarquia sacerdotal, o judaísmo sofria uma profunda revolução. Com a destruição do Templo no ano 70, os rabinos realizariam uma profunda modificação em sua prática e estrutura. Na verdade, tanto o cristianismo como o judaísmo abandonariam o "correto" do passado e estabeleceriam uma nova prática, um novo "correto", representado pela Casa de Congregação – a igreja ou a sinagoga – em vez do Templo e rituais com uso da palavra em lugar de sacrifícios. O novo "bom", a "boa-nova", no entanto, teria caminhos distintos na reorganização dos descendentes de Israel.

Os rabinos, grupamento do qual Jesus provavelmente fez parte, representaram uma liderança popular preocupada em salvaguardar a essência "transgressiva" de Israel. O grupo era formado por "mestres" (significado da palavra rabino) que tinham outras profissões – sapateiros, carpinteiros, pescadores etc. – e erradicaram a liderança sacerdotal do judaísmo, promovendo uma profunda democratização da autoridade. Retornavam assim à própria definição bíblica, que descrevia os hebreus como "um povo de sacerdotes" (Ex. 19:6). O rabino não seria um intermediário entre o indivíduo comum e D'us, mas sim um sacerdote.

Os rabinos não asseguraram para si nenhum privilégio ou prerrogativa, o que perdura até nossos dias. Qualquer judeu pode casar, enterrar ou abençoar sem a necessidade de uma autoridade. Eles também instaurariam o processo de criação da Mishna e do Talmud, que viriam a ser um fórum de debate nacional no exílio, onde a autoridade e a lei se fariam à medida que as opiniões dos sábios fossem colhidas e que as controvérsias trouxessem enriquecimento e aperfeiçoamento às questões.

Não haveria mais uma hierarquia central, mas uma autoridade gerida por mestres, cuja legitimidade seria estabelecida pelo conhecimento e sapiência e não por titulação. A opinião da minoria seria registrada junto com a da maioria, para permitir a revisão do "correto", da lei, em qualquer outro momento da história. O método interpretativo que permite ler os textos sob outra ótica que não a literal seria por eles adotado de forma radical. Esse método é o mesmo que permitia a transgressão de se considerar o imoral ou incorreto como o novo moral ou o novo correto.

Uma pequena história ilustra a aversão rabínica à autoridade que se estabelece alardeando a vontade divina e os dogmas.* Conta-se que o rabi Eleazar discordou dos demais rabinos e quis fazer-lhes compreender que estava certo evocando situações paranormais. O rabi Eleazar conclamou então: "Se eu tenho razão, que este rio mude o curso de suas águas." E assim sucedeu. Os rabinos não se convenceram. O rabi Eleazar bradou: "Se eu tenho razão, que esta árvore saia do lugar." E a árvore se deslocou por cinquenta metros. Mesmo assim os rabinos não se convenceram. Por fim, o rabi Eleazar convocou a presença divina: "Se eu tenho razão, que venha uma Bat Kol, uma voz dos céus, e que assim o declare." E uma voz celeste se fez ouvir e disse: "A lei está com o rabi Eleazar." A reação imediata dos demais rabinos foi exclamar parte de um versículo que diz: "A Torá não está nos céus [para que você nos diga o que fazer]." O direito à interpretação e o esforço humano por encontrar seus caminhos não demandam intervenções que venham expressar a Verdade.

O caminho de grande teor humanista e democrático trilhado pelos rabinos, marcado pelo respeito ao "estrangeiro",

---

* Talmud, Tratado de Baba Metsiah, 59b.

ao desprotegido, ao marginal, refletiu uma continuidade dos ideais bíblicos e proféticos que inspiraram a vida e o ativismo do Jesus histórico.

A Igreja Romana, no entanto, se estruturou de uma forma semelhante à do passado. Criou um centro, um Templo, na cidade do Vaticano e reorganizou-se como uma casta sacerdotal com interesses corporativistas, como ocorrera no passado no Templo de Jerusalém. Passou a eleger um "grande sacerdote" e apenas um grupo seleto continuou a usar o solidéu. Os sacramentos só podiam ser ministrados por sacerdotes que atuavam de forma intermediária entre o povo e D'us. A Igreja se aliou aos interesses de reinos, feudos e da nobreza em geral e passou a atuar condenando os que pensassem diferente, aniquilando a possibilidade de salvação para aqueles que não seguissem suas diretrizes e sentenciando um número considerável de indivíduos ao martírio. Sacrificados por conta de suas ideias, esses indivíduos foram tratados como traidores, hereges, de uma causa que na verdade não era a de Jesus – este mesmo Jesus que não teria sobrevivido às exigências doutrinárias ou às alianças escusas que visavam ao poder terreno e se afastavam do povo e do indivíduo marginal.

Por mais de um milênio, da Idade Média até o período moderno, a Igreja Romana sustentou o patrulhamento ideológico e teológico, impondo a lei através de seus braços executivos, entre eles a Inquisição. As bruxas ou os judaizantes queimados eram as prostitutas, os contestadores, os visionários. Eram não apenas o povo ou o grupo com quem Jesus se identificava, mas, simbolicamente, o próprio Jesus.

Apenas neste século, depois de perseguições por *pogroms* e do Holocausto, os judeus começaram, quase inconscientemente, a desenhar a si mesmos crucificados. O pintor Marc Chagall

(1887-1985), em obras como *O mártir*, de 1940, e *O crucificado*, de 1944, deixou registrada a conjunção inconsciente de traidor e traído. Não que as perseguições tenham sido geradas pela Igreja Romana, mas sua visão milenar do judeu traidor semeou a Europa para o derradeiro ato de libertação da ameaça transgressiva que ronda todas as sociedades e todas as gerações.

A cruz, marco do encontro entre as dimensões vertical e horizontal, representa o plano do corpo ou terreno – horizontal – e o plano da alma ou celeste – vertical. Jesus morre por conta da dificuldade de sermos leais o bastante em ambos os planos. O homem e o símbolo Jesus estão cravados em nosso cuidado com a multiplicação e a preservação da espécie, assim como na profunda necessidade de transcendência e, portanto, de transgressão (plano vertical). A exacerbação do segmento horizontal, marca de interesses do corpo, principalmente – como os do Templo corrompido de Jerusalém ou da Igreja Romana medieval –, produz uma violenta reação no segmento vertical da alma.

Judas não é tão judeu como Jesus, e nenhuma instituição deixou isso mais claro do que a própria Igreja Católica Romana. O Jesus histórico não é o adorador do que é "correto", da família, da propriedade e da tradição: sua origem perigosa transgrediu culturas e morais, e ainda hoje ele seria crucificado. Os primeiros a crucificá-lo seriam aqueles que não suportariam sua compaixão e complacência para os homossexuais, os delinquentes, os marginais. Não seria absurdo dizer, portanto, que em certos círculos tradicionais de devoção cristã o personagem histórico ainda hoje seria aprisionado e crucificado.

Na condição em que o judeu foi transformado – o traidor –, ele ronda e assombra a todos. Ele tanto é o que crucifica – o *establishment* – como o crucificado – o diferente, o contestador.

Ele é o ladrão "filho de um pai" julgado junto com o santo "filho do Pai". Quem vai ao sacrifício é o último, o primeiro é liberado para ser o estigma das gerações. O "filho de um pai", semente não redimida – é este o judeu que a Igreja quis construir. Em vez de esforçar-se por fazer do desviante um sagrado, ele é apresentado como um mutante bastardo.

A produção da alma – um mutante

ENTRE OS TEMORES que assolam áreas do inconsciente coletivo, o medo de não se resgatar a semente tem lugar especial. Desde o tempo de patriarcas e matriarcas, a questão da primogenitura e do filho realmente mais apto para "resgatar a semente" se mostra complexa. Em nome desse resgate, constantemente se fazem transgressões, porque a lei, no caso da primogenitura, não permite a melhor solução. No âmbito arquetípico das primeiras famílias, Abraão transgride ao redimir sua semente, preterindo Ismael em benefício de Isaque; o que Isaque faz ao redimir Jacó, preterindo Esaú; o que Jacó faz com José, preterindo Rubem. Há, porém, uma distinção entre as transgressões dos patriarcas e matriarcas e aquelas que encontramos na linhagem messiânica.

No primeiro caso, a transgressão é praticada entre filhos que possuem uma paternidade definida. Trata-se de eleger o mais apto. No caso messiânico, a transgressão não é a do mais apto pelas características de sua personalidade, mas pela condição social. O pobre, o destituído, o estrangeiro, o marginal é mais bem preparado para levantar acampamento e seguir os caminhos da evolução do que aqueles que, bem adaptados, encontram sempre maneiras de transformar em ideologia, moral e teologia seu desejo de permanecer no lugar estreito. Temporariamente fortalecidos, esses indivíduos não percebem as tramas da realidade que inviabilizarão sua existência no transcorrer das gerações. O inconformado e o não estabelecido criam ligações mais verdadeiras com a dinâmica de vida mais próxima do desapego que do controle. Da perspectiva da alma, o pobre é mais apto do que o rico, o bastardo, do que o filho mimado, o sofrido, do que o afortunado ou o que vem de longe em relação ao que vem de perto.

De alguma maneira, a linhagem messiânica passou a representar a tensão entre corpo e alma expressa na cultura hoje disseminada por todo o Ocidente. Não basta defender a continuidade através do filho mais apto, atitude que muitas vezes fere a lei no âmbito familiar. Faz-se necessário empossar os filhos coletivos da espécie que estão mais aptos a dar continuidade ao processo social e histórico, para criar um novo ser humano que, transgressor das limitações do corpo, possa aumentar a chance de sobrevivência da espécie.

Romper com a lei coletiva de seleção do mais "apto" representa trair a percepção social de que este indivíduo é justamente o mais adequado e adaptado ao modelo moral vigente. O "primogênito" da sociedade, o certinho que é o exemplo perfeito dessa moral, está aí para ser usurpado e traído. Esta traição é um desejo oculto da espécie e que ameaça profundamente a qualidade de vida de todos. Pois o próprio traidor de hoje estabelecerá novas normas que o farão ter profundo temor de ser traído. Em termos individuais e coletivos, não há dúvida: o maior inimigo é o que está dentro de nós. É o subversivo capaz de estragar a festa mostrando que o lugar do acampamento é bastante estreito.

Pessoas atormentadas pelas transgressões da alma muitas vezes questionam: "Mas você tem bem mais do que necessita, por que colocar tudo em risco?" O inconformismo das pessoas diante dos que estão em processo de rompimento com conceitos e propostas do passado também decorre do medo e desconforto profundos produzidos pela identificação com essa postura. Conscientes de que carregam dentro de si a maior ameaça a seus próprios interesses de hoje, também reconhecem que não podem abrir mão de seu futuro. O desapego é extremamente conflitante para o ser humano, que é dotado da capacidade de obedecer e desobedecer.

A metáfora bíblica de representar o ser humano como o animal capaz de orientar-se por seus instintos e também por seu discernimento – que nem sempre converge para a orientação destes instintos – criou a mais "apta" e insegura das espécies. O corpo do ser humano ataca para defender seu território como também crucifica para defender-se de sua alma. Antes, seus predadores estavam do lado de fora e do lado de dentro. Hoje, os do lado de dentro são mais reais.

Por estranho que pareça, o animal nu e consciente passou a experimentar uma nova dimensão de meio ambiente e de relações de sobrevivência. Seu instinto e seus sentidos não estavam mais voltados unicamente para o mundo externo e suas ameaças, mas também para o mundo interno. Os ruídos e movimentos que colocavam o ser humano em estado de alerta não eram produzidos apenas pelo outro que o rondava, mas também por uma alma que habitava dentro dele.

A grande beleza da "paixão" que conquistou o Ocidente não está contida unicamente em sua tradição, mas também em sua traição. Muito além das traições descritas no enredo, a que mais salta aos olhos é a traição que faz divino aquele que se condena ao sacrifício. O artifício inconsciente de sagrar o "criminoso" e amaldiçoar o "santo" é produto da profunda ambivalência humana produzida por seu mais espetacular instrumento de sobrevivência, que é, ao mesmo tempo, sua maior ameaça. A moral e a imoralidade serão eternas companheiras enquanto perdurar o esforço de preservação da espécie humana. Seu D'us comanda e se desdiz. Seu herói será aclamado e imediatamente sacrificado. Sua melhor reprodução não será o ariano, mas o bastardo; não o clone, mas o mutante.

Messias – salvador ou criminoso

N̄ão é de admirar que a ideia messiânica se origine do judaísmo. A proposta dos descendentes de Abraão era a possibilidade de "sair da própria casa", legitimando o "pecado" de Adão e Eva, que saíram de seu jardim. Abraão seria o primeiro a propor uma visão positiva da traição de Adão e Eva, turvando o aspecto transgressivo de sua conduta e instaurando, em vez da desobediência a D'us, uma nova concepção de D'us que diz e se desdiz. Um D'us que é único, pois, para adotar duas ideias distintas, não são necessários dois deuses, mas a capacidade humana de legitimar sua evolução, traduzindo-a em cultura e moral. Na verdade, esta moral abraâmica será muito confundida com a "imoralidade" da qual foram acusados e vítimas seus descendentes no período medieval e na Europa do século XX. As raízes do antissemitismo, sentimento experimentado até mesmo entre os judeus, está na compreensão dos descendentes de Abraão como traiçoeiros e perigosos para qualquer *establishment*. A parcela do mundo cristão que representava este *establishment*, a Igreja Católica Romana, viu na figura prototípica do Jesus histórico a imagem do judeu perigoso e ameaçador. O "problema judeu", seu potencial transgressivo, se tornou especialmente insuportável para a Europa deste século. Mostrando suas "garras" abertamente, o judaísmo saiu do gueto medieval que conseguira isolar este "câncer" da sociedade, e suas metástases passaram a ser encontradas no mundo acadêmico, nas ciências, no livre comércio e nos movimentos sociais da esquerda. Para qualquer lugar que o mundo dominador e colonizador europeu se voltasse, via a sombra do judeu que queria "conquistar" o mundo. Eles dominariam o mundo pela transgressão, modificando-o e ameaçando os interesses da moral. Sua dupla lealdade, representada pela transgressão ao moderno conceito de fidelidade nacional, era a mais nova forma de identificá-los como os parasitas da sociedade. Os judeus eram acusados de corroer a sociedade de dentro, como o câncer, erodindo as estruturas e pervertendo a própria célula da sociedade. Sua ameaça à sobrevivência era total. Só o ato cirúrgico de extirpá-los produziria o efeito curativo de que o mundo carecia. Assim, o mundo perfeito, do filho perfeito, ariano, teria por fim dado conta daqueles que representavam a memória do bastardo. E, o que é pior, daqueles que outrora foram diabolicamente capazes de enxergar no bastardo o "redentor da semente".

O judeu se tornara, em seu exílio e em suas crucificações, o modelo do sobrevivente e da sobrevivência. Malsucedido no mundo do corpo, da história, era campeão da alma, da adaptação pela mobilidade e da capacidade de tolerar mudanças. Como quem vem de "longe", a bênção-maldição de "eleito" que carregava havia sido criada muito mais por identificação externa que exclusivamente por seus méritos. Um efeito natural para a espécie humana se produzira – quanto mais traidor, quanto mais oprimido nesta condição, maior a admiração que provocava como "eleito". Quanto mais se tratava o judeu como traidor, mais se fazia para legitimá-lo como descendente da tradição de Abraão e da tradição messiânica. Isso porque ambas as tradições são, em realidade, traições – seus seguidores não poderiam ser outros senão os traidores.

O nazismo, uma das maiores manifestações de defesa do corpo moral de toda a história, sonhava encabeçar uma revolução do corpo que gerasse um reinado da imutabilidade de mil anos. Orquestrando as forças da moral, dos filhos perfeitos sem qualquer deformidade, secretamente propunha a erradicação do mal maior. Era fundamental acabar com o mito romano de um Jesus traído por judeus. Este mito camuflava o elemento transgressor da alma. Castigar o judeu, convertê-lo à força ou transformá-lo no narigudo sujo que compactua com o demônio não dariam conta desse monstro; na verdade, só faria fortalecê-lo. A solução seria a erradicação total. Turvar a história havia sido um tiro pela culatra em que a perversão judaica ganhara força através dos séculos, em particular na Europa. Para Hitler, o judeu era a ameaça que vinha pela direita e pela esquerda. Uma ameaça digna apenas da sombra. O banqueiro judeu, o domínio do mundo financeiro, associados à militância comunista, mostrava que o bom "traidor" trairá de qualquer lado.

Por sua vez, o mérito judeu de "trazer luz às nações" era produzido muito mais pelo modelo de sua condição do que por uma "eleição" de sua própria essência. O judeu se transformara num sobrevivente e, como tal, aprendera a fazer uso de tensões muito bem orquestradas entre seu corpo e sua alma. Em particular, como não poderia deixar de ser para um sobrevivente humano, havia lançado mão do potencial de alma. Era isto que o fazia banqueiro ou bolchevique – em ambos os casos um "partidário do máximo". Sua capacidade de produzir riqueza e sua militância social radical se originaram do legado de cumprir e transgredir. Sua relação com o risco se provou realmente eficaz. Seu modelo, apesar de castigado pela desgraça que a moral do corpo lhe impunha, provava a eficácia do modelo obediência-desobediência que produzira o sobrevivente. A redenção da semente se daria através desse novo homem sobrevivente.

O novo homem que o Ocidente viu representado em Jesus é o milenar sonho judaico de que uma era messiânica será composta por esses novos seres humanos. Será um mundo de traidores que não serão crucificados. Será um mundo que descobrirá que quem crucifica não são os outros, mas nós mesmos. Um mundo onde o judeu não será o outro, mas nós mesmos. Isto não se fará porque o "judeu" é o escolhido, mas porque o mundo ocidental resolveu *eleger* esse símbolo como a matriz para falar de sua transgressão salvadora.

Compreender isso não é sagrar o judeu ou o judaísmo, mas resgatar o verdadeiro significado que construiu com grande força as tradições cristãs. É resgatar o próprio judaísmo presente no novo discurso que não gera um novo Israel, mas exemplifica melhor este Israel ao agredi-lo como o outro – a parte de nós que nos dá medo. A etimologia da palavra "Israel" – aquele que briga com D'us – é, e ao mesmo tempo, fonte da maior heresia e da mais sagrada afirmação. Se por um lado se coloca a desobediência, o conflito; por outro se coloca o profundo desejo de encontro com esse D'us de falas diferentes, que permitem à criatura e ao Criador adquirirem uma linguagem comum. O "correto" e o "bom" aos olhos de D'us são construídos do "correto" e do "bom" desqualificados que os precederam. A morte de um deus é o caminho de aproximação de D'us; é o abandono de um corpo em direção a outro. Todo corpo tem um deus, mas só a tensão entre sua alma e seu corpo realmente aproxima de D'us. Redimir a semente é compreender que a preservação da espécie depende fundamentalmente de nossas transgressões, pois só assim seremos pais de uma "multidão" em outra terra conquistada que não a de nossas obediências. Só assim encontraremos paz na consciência de nossa finitude, pois para o ser humano esta paz está em cumprir desígnios e também em traí-los. Quem busca apenas cumprir, amarga o desespero de não estar mais num jardim protegido, onde a paz animal se fazia com a obediência a desígnios. No mundo de fora do paraíso, o convívio íntimo com um salvador que confundimos com nosso carrasco é parte da realidade.

Ainda cometeremos muitas crucificações, mas a derradeira, a que realmente está em jogo, é a nossa. Se não encontrarmos alguma maneira de paz formada de tensão entre nosso corpo e nossa alma, entre nossa moral animal e nossa imoralidade, estamos ameaçados de não redimirmos nossa espécie. O Messias, que tanto esperamos e que sistematicamente crucificamos, está vivo em nós esperando a paz da convivência de duas características antagônicas que nos compõem. A relação entre a tradição e a traição tem um papel fundamental nesse esforço.

O maior companheiro do traído é seu traidor e vice-versa. Ninguém mais detém tantos segredos relativos à vida e ao bem-estar do que estes parceiros. Querer aniquilar esse "outro" é um ato de suicídio, pois uma coisa é certa: a traição é a medida, o termômetro, que nos alerta para a perda de uma tensão fundamental à sobrevivência de nossa espécie. Extinguir o traidor é aniquilar o traído – é roubar-lhe a possibilidade de discernir, que tanto pode ser perversa na desobediência como na obediência.

IV.
O FUTURO DAS TRAIÇÕES

A QUESTÃO DA sobrevivência surge na tradição judaica e se dissemina na tradição cristã sob a forma constante de um conflito. Por um lado, impõe-se a fidelidade à condição animal, preocupada com o resgate da semente. Esta fidelidade é mantida através da criação das melhores condições reprodutivas possíveis. Ela se compõe do reconhecimento da realidade anatômica de sexo, com suas vantagens e desvantagens, e aos poucos organizou a sociedade. Esta organização reflete as soluções de adaptação que se fizeram necessárias e que foram resolvidas pela civilização ao longo dos tempos. A moral e mesmo muitos dos conceitos éticos foram produzidos de forma a maximizar as chances de preservação da espécie.

É interessante notar que questões como a ecologia contiuam a demonstrar o intenso esforço de reformulação da compreensão das responsabilidades e direitos de um indivíduo numa sociedade que tem como objetivo maior sua autopreservação. A preocupação com o resgate das sementes está presente no relato da Arca de Noé, em que esta se torna uma metáfora para a história do próprio ser humano. Colocar nossas sementes numa arca do tempo é o mandamento matricial que cala tão profundamente em nosso ser. A arca mergulhada na insegurança de águas inóspitas, sem lugar de pousada, ameaçada por todos os lados, é, paradoxalmente, um lugar aconchegante e repleto de esperança. Essa arca é a moral construída pela civilização. Ela navega em busca de pouso seguro e representa o sonho do corpo de poder desembarcar num novo mundo, diferente daquele do qual zarpara. O mundo deixado era um mundo de ameaças tão frequentes, de tanta violência, que a ansiedade daqueles que queriam ser mães e pais produziu a esperança de um lugar melhor. O Criador, e pai de toda semente, estabeleceria as condições necessárias para que este mundo ideal pudesse tornar-se uma realidade.

A partir do momento em que a arca encontra este porto no monte Ararat, inicia-se uma fase da história humana de construção da lei e da moral. As sete regras fundamentais de Noé são o monumento do investimento para se construir uma sociedade melhor nos milênios seguintes da história humana. Em vez de nos matarmos para conseguir a função maior de nossa existência, estabelecemos regras que tentariam dar conta do interesse de todos ou da maioria, possibilitando a realização de um estranho sonho – a paz.

A questão da semente tem prioridade na vida de Abraão e Sara, de Isaque e Rebeca, de Jacó, Raquel e Lia. Ao longo do texto, o resgate dessa semente é a força motriz do futuro e produz os dramas de Lot e suas filhas, Judá e Tamar, Booz e Rute e Miriam (Maria) e seu resgatador. A sobrevivência se tornou a palavra privilegiada pelos filhos de Israel, pois haviam criado a tradição – a consciência coletiva de sua obrigação maior de reproduzir-se. O sonho messiânico significava a reprodução da expectativa de um novo Noé que continuasse a navegar pela história, conduzindo-nos, ou melhor, nossa semente, a um novo mundo. Este mundo seria a conquista maior da moral e da lei e estabeleceria aqui na Terra um reino celeste de reprodução garantida e, portanto, de profunda paz.

Por outro lado, impunha-se uma outra fidelidade. A construção da moral e da lei restringe e obstrui o processo da consciência e, em última análise, o mais importante instrumento humano de sobrevivência. Construir cultura é saber destruí-la a seu tempo. Fazer moral é saber feri-la e sair da casa de seu pai. Um pai que será devorador do futuro caso não se possa romper com o passado, mesmo que este passado seja feito da glória de muitos rompimentos anteriores. A tradição é a raiz tão essencial que se presta a ser cortada e traída. A nova traição é por sua vez a seiva que reconstitui uma raiz ainda mais forte.

Abraão quer ser pai de uma multidão e para isso precisa ouvir o que D'us tem a lhe dizer. Mas se torna verdadeiramente pai de uma multidão quando pode ouvir deste D'us algo distinto do que dissera até então. A evolução da espécie está no silêncio do pai que ergue a faca e a detém, o silêncio que cada homem e cada mulher conhecem em sua vida pessoal e coletiva. Um silêncio desafiador e que responde a um impulso desobediente. Esta sagrada desobediência é o objeto que o ser humano sonha integrar à paz, que não se fará apenas do estabelecimento de um mundo ideal para um corpo imutável. A dinâmica de nosso ser em transformação fez com que se criasse o conceito de alma, e o conflito aparente entre dois interesses legítimos de nossa natureza se manifestou nos conceitos de tradição e de traição.

A paixão de Cristo fala do sacrifício do filho ilegítimo, aquele que a história de Israel sempre consagrara. A faca, a arma do crime, é deixada na mão de Abraão, numa conspiração do corpo contra a alma cuja demanda é única – o resgate do filho legítimo, o filho da moral. Instaurava-se, no âmbito simbólico, um conflito responsável por grandes violências e sacrifícios. Muito longe da paz esperada, o conflito acabou vindo à tona.

Como em processos psíquicos, a exposição desse conflito tão intenso, marca da necessidade humana de tradição e traição, poderia revelar um grande potencial terapêutico. Quando estão em jogo questões de tamanho impacto em nossa percepção do mundo, porém, a informação não produz cognição. As tradições muitas vezes se fizeram poderosas justamente por isto: ouvimos o que queremos e discernimos de forma a encaixar o mundo em nossa já estabelecida visão da realidade.

Nesse sentido, projetar-se no outro e antagonizá-lo são interesses do corpo, que utiliza qualquer oportunidade para isolar a alma neste outro e dar conta dela. Essa "solução do problema", no entanto, é um engodo.

A transcendência não está no controle do corpo. Os desígnios do corpo estão aí para serem obedecidos e o corpo que quer dar conta do próprio corpo se torna desumano. A alma é, por sua condição traidora, a grande libertadora da opressão que se exerce sobre o corpo e este depende fundamentalmente dela. O resgate da semente, a salvação, não acontece quando cobrimos com roupas nossa nudez. As roupas que vestem de moral as intenções humanas nos tornam prisioneiros de uma realidade que nos poda, nos restringe e ameaça nossa sobrevivência. Poder enxergar-se nu, no entanto, é uma traição ao animal consciente difícil de se bancar. Muitos dos que foram queimados em praças públicas quiseram expor esta nudez.

Historicamente, no Ocidente o catolicismo romano arvorou-se como o defensor da verdadeira tradição e deu nome ao verdadeiro traidor – o judeu. A defesa da semente sob a perspectiva do corpo, com a canonização da família pura e imaculável, traduz-se até hoje nas posturas que proíbem o aborto e que percebem no controle da natalidade uma ameaça inaceitável ao maior mandamento que o corpo conhece – multiplicar e frutificar. O judeu é o corrompido que ameaça essa família exemplar. Sua perversão propõe ao mundo "sair da casa" de seus pais, justamente desta família construída para melhor garantir a preservação. A proposta de sair da família é identificada com tudo aquilo que ameaça esta família – o aborto, as relações sem vínculo nupcial, o adultério, a homossexualidade e a depravação. O judeu é aquele cuja mera existência mostra que, dentro desta construção do corpo, a alma ocupa lugar privilegiado e conspira contra toda essa visão do mundo. O judeu, por sua relutância em abraçar essa concepção asséptica da família, é, na verdade, o inventor da transgressão original de transformar o filho ilegítimo no filho mais legítimo. Essa verdade histórica, que nem o judeu percebe, aquele que se fez seu outro vê estampada em sua fronte. E que verdade é esta? A construção da força da tradição está na inversão, na traição profunda, que identifica no "filho de um pai" o "filho do Pai". A tradição se fez da traição. Tal como Lévi-Strauss apontara em relação à descendência messiânica, turvar e ocultar o aspecto transgressivo que resgata tanto a semente como o futuro se tornaram uma questão absoluta para o catolicismo medieval. E isso se fez possível graças à "eleição" de um outro que serviu para exorcizar e extirpar da tradição seu elemento traidor.

No século XX, esse comportamento alastrou-se para além das fronteiras de uma única tradição. O fundamentalismo islâmico, e também judaico, grupos evangélicos, igrejas independentes e seitas de toda ordem aprenderam que a tradição despojada da traição é extremamente atraente para uma considerável parcela da população. Exorcizar ritualmente o demônio da "traição" e buscar resgatar a pureza da família e da sociedade, sem ensinar o profundo apreço ao rompimento com qualquer autoridade menor do que as palavras do D'us que diz e desdiz, crucificam e instauram um falso caminho messiânico. O mundo messiânico não é o do estabelecimento do "correto" celeste de forma definitiva sobre a Terra. É, no entanto, feito do compromisso com o "bom", com novos "bons" que recriarão novos "corretos".

A pureza de Jesus não é genética e ele não é representante do "correto". Ele simboliza uma possibilidade em que sua tradição, a judaica, sempre acreditou: transgredindo-se a violência do passado, se chegará a um mundo melhor. Preservar é tão fundamental quanto modificar.

Para a tradição judaica, o Messias ainda não chegou. Ele não virá para sancionar um "correto" definitivo, mas a paz profunda de se viver tanto a tradição como sua traição. Esse estágio da humanidade ainda não foi alcançado. Continuamos a perambular pela história, aterrorizados por nossa capacidade e atributo de trair.

Somente no dia em que a traição não ferir o traído ou a tradição, mas despertar ambos para novas possibilidades que se descortinam através dela, surgirá um mundo muito além da tolerância – um mundo de apreciação. O ancião do futuro não perceberá no rompimento de um filho que sai de casa uma traição, mas uma casa que se expande, que se amplia, para conter um lugar não estreito. Esse novo lugar amplo será tão essencial à sobrevivência quanto a questão da semente. O amante traído do futuro terá a consciência necessária de não evocar compromissos e contratos do passado. Sua dor será mediada pela sensação de parceria em qualquer movimento traidor do outro. Perceberá no exercício da moral do próprio corpo um movimento natural a que se contraporá a alma.

Esse mundo "ideal" ainda será povoado de medos e receios, pois estes fazem parte da natureza dos animais que obedecem e desobedecem. Nesse novo mundo, no entanto, não haverá crucificações. O "outro" que é inimigo e traidor não será o "corpo" ou a "alma", mas a perda da tensão entre ambos. O inimigo maior será a percepção que identifica no "outro" a fonte de ameaça. As ameaças são, na verdade, muito mais reais quando não se faz uso dessas duas consciências fantásticas implantadas na carne humana – a que tem por destino obedecer e também desobedecer.

O indivíduo e sua alma

No mundo ocidental, a batalha entre tradição e traição ganha especial atenção na área da família. Para o indivíduo, a família representa a tradição, a organização que responde pelos interesses reprodutivos e do corpo. A família é, portanto, o território da tradição e, como não poderia deixar de ser, também o da traição. O casamento nada mais é do que um contrato, por tratar-se de uma área de interesses conflitantes. Normalmente acreditamos que os conflitos em questão são os de interpretação de dois indivíduos diferentes. O conflito, no entanto, se expressa muito mais pelas tensões inerentes à natureza humana do que pela compreensão distinta dos direitos e deveres. Foi o corpo que instaurou a instituição do casamento e é justamente através dele que ela é traída por todos. Não há forma de não se trair um casamento se não é reconhecida a tensão presente em cada indivíduo, na natureza de cada um.

Querendo cumprir seu desígnio de procriação através do instrumento de sua anatomia, o homem é sempre tentado pela mulher. A tentação original de Eva não é da sensualidade posteriormente reprimida pela tradição – é ser, para o homem, o objeto da redescoberta de que a tensão lhe é interna. Cada vez que um homem se vê tentado por uma mulher, vem a dúvida sobre preservar o "correto" do passado ou buscar o "bom" do momento. O correto é tão importante para seu corpo como o "bom". Na perspectiva do passado, o "correto" preserva melhor; na do futuro, é o "bom" que tem esse atributo. O homem que sublima sua paixão, sua rebeldia, suportando um casamento que se tornou unicamente tradição, é um traidor. Esse casamento se sustenta para dar conta da sobrevivência da semente, mas sufoca a sensação de que a redenção realmente se daria na traição. Sua concepção se baseia num "correto" rígido amedrontado pelas sombras dos "novos" bons que ameaçam tanto o contrato como a tradição. O homem que rompe o contrato através de amantes também trai. Pode trair preservando o casamento, ou seja, mantendo o "antigo correto" e fazendo uso do "novo bom"; ou pode trair abraçando um novo contrato. Na última possibilidade, busca um "novo correto" para possibilitar um "novo bom", mas tem de enfrentar a cruel consciência de que este novo correto poderá também tornar-se, no futuro, impróprio diante de um outro "bom". Tal consciência enfraquece o desejo de investir no "novo correto", percebendo-o em termos absolutos tão frágil quanto o "antigo correto". A maioria sucumbe às duas primeiras condutas. Todo homem é um potencial traidor da mulher no que diz respeito à possibilidade de surgir um outro "bom" que lhe indica uma melhor possibilidade de cumprir seu desígnio de procriar.

A mulher, por sua vez, também é uma traidora em potencial. Seu desejo profundo de que Adão coma da árvore expressa o sonho de que este prove de tantas árvores quantas se façam necessárias para tornar-se mais próximo de D'us. A mulher não trai quantitativamente, como o homem, mas qualitativamente. Ela espera um príncipe ou, na concepção perfeita, o casamento com o próprio D'us. As fantasias masculinas de que as mulheres possuem o poder de devorá-los se constroem a partir do sonho feminino de um homem ideal. Um homem que se esperava fosse o melhor "bom" possível e que justificava o "correto" assumido em contrato. A expectativa é, no entanto, frustrada quando a mulher depara com um "homem" não ideal. Cada vez que uma mulher vê um homem que lhe parece mais disposto a provar da árvore da transgressão, da imortalidade, sente-se tentada a trair o "antigo correto" por conta do "novo bom". A qualidade desse novo "bom" cria as mesmas tentações de traição que o homem experimenta. O homem trai para resgatar sua semente fora do aprisionamento quantitativo da monogamia; a mulher trai para resgatar sua semente fora do aprisionamento qualitativo da monogamia.

A traição será sempre uma medida presente para um ser humano cuja visão mítica de si é daquele que transgride no paraíso ou daquele que "sai da casa dos pais". A resolução do conflito está em seu reconhecimento e no estabelecimento de relações entre homens e mulheres que aceitem essas tensões como inerentes à própria vida. O mundo ideal do futuro será um mundo também de tensões, mas estas não serão projetadas sobre o outro. Querer exorcizar o traidor dentro de si apontando-o no outro é a condição não messiânica de nossa civilização.

Viver em um mundo que ainda crucifica o "outro", o desviante, sem poder escapar da responsabilidade de representar os interesses de nossa natureza mutante, requer muito cuidado. E, mesmo com todos os perigos e riscos, devemos autorizar tanto o corpo como a alma, pois não existe outra saída para dar conta de nossas traições e encontrarmos a paz. Essas relações proporcionam um importante elemento de cura e são instrumento imprescindível para trilhar o caminho humano.

O ato de crucificar, por sua vez, acontece tanto no mundo exterior como no íntimo de cada indivíduo. No lugar onde as vertentes horizontal e vertical se encontram, há um potencial destrutivo, um potencial de grandes culpas que tem o poder de paralisar e extinguir a vida do indivíduo e as chances de sua espécie. Saber viver esse ponto de interseção sem se deixar dominar por impulsos tão legítimos e ambíguos é um segredo que tem impacto sobre a qualidade de vida e que promove maior poder de adaptação e sobrevivência. Na estrela de David, um triângulo está apontado para cima e um outro para baixo. O de cima para baixo aponta a esfera da "obediência"; o de baixo para cima, a sagrada esfera da "desobediência". Quando Jacó foge depois de haver roubado a primogenitura do irmão – na verdade uma fuga de si mesmo –, ele sonha com anjos que sobem e descem uma escada.

O desejo de Jacó era legitimar o movimento de subida de anjos, não o de descida. Ele buscava justificar a insuportável sensação do sagrado que percebia no movimento de subir, ou melhor, de transgredir. Sua saga, marcada pela busca de legitimar o ato de desobedecer o "pai" – seu passado e seu D'us –, é exemplo da tragédia humana e de sua glória.

O resgate da semente verdadeiramente humana que produz tradição e traição é a questão humana por excelência. Nossos dias são tomados por essa preocupação, por conviverem em nós dois mundos – o do traído e o do traidor. Talvez este seja o imaginário que o Ocidente produziu: o judeu somos todos nós, todos temos o sangue judeu nas veias. Somos, portanto, o outro, o traidor.

O uso do outro para falar de si tem sido perverso, mas revela, sobretudo, a intensidade do auto-ódio existente no ser humano. O antissemitismo é marca deste auto-ódio, como também as guerras, as perseguições religiosas e ideológicas. A dor profunda de reconhecer este auto-ódio implica a imediata aceitação de que traidor e traído são a mesma pessoa.

Qualquer fidelidade que não contemple essas duas facetas da natureza humana gera crises de ordem pessoal e coletiva. O mundo contemporâneo atravessa um grande desafio. Acampada à margem de um mar de enormes proporções, a espécie humana enfrenta um mundo que realmente se estreitou. Ele é estreito tanto pela moral como pela rebeldia. A repressão vitoriana e o licencioso mundo hippie são lugares estreitos para um ser humano que aos poucos percebe que busca algo diferente. A alienação e a falta de "causas" são os sintomas mais evidentes de que a busca não se dá pela extirpação cirúrgica desse conflito, mas por uma tentativa de vivê-lo de forma ampla no íntimo de cada um de nós.

No dia em que o ser humano enfrentar seu conflito interno, quando vir que sua integridade psíquica está ameaçada por duas vontades primordiais, então o mar se abrirá. Quando atravessar o mar cantando, movido por sua catarse, se verá em meio a outro jardim. Ali, tudo será proibido e pronto para ser transgredido. Em paz com sua alma, o ser humano vagará por entre as opções da desobediência. Uma árvore, no entanto, permanecerá permitida. Será a árvore da lembrança de um período em que o "correto" cumpria a função de velar o medo e a culpa. De mãos dadas com o Criador – o animal imoral –, terá reencontrado a paz de sua nudez. Despido e ciente desta condição, o homem terá encontrado a tão esperada imortalidade da alma. Esta imortalidade, produzida a partir da imoralidade, se revelará a árvore da vida. Todo chão pisado será um terreno seco em meio ao mar e todo corpo será uma ponte até um novo corpo. A transgressão terá sido a trajetória humana rumo à transcendência na história – seu longo curto caminho.

APÊNDICE FICCIONAL
A derradeira descoberta científica: a alma imoral

Estamos muito próximos de uma fantástica descoberta. O mundo se prepara para uma das maiores conquistas da ciência. Trata-se do Projeto Genoma Humano – o mapeamento completo dos genes humanos. Este projeto de quinze anos, que se estima esteja concluído em 2005, montará um complexo de 100 a 150 mil genes que compõem o DNA humano. Pela primeira vez conheceremos o corpo humano em sua essência.

Os genes são responsáveis pela informação que produz tanto a aparência humana (cor de olhos, cabelos ou altura) como as partes responsáveis pelas funções humanas (pâncreas, fígado ou cérebro). Toda célula tem esse projeto original, essas informações sobre todo o corpo humano que lhe ordenam ser de um jeito ou de outro – ser célula do rim ou do coração.

O DNA tem, sobretudo, a responsabilidade e a função matricial da reprodução. A ordem de "multiplicar e frutificar" está codificada nesse intrincado emaranhado químico.

Em outras palavras, o ser humano vai conhecer o corpo. O corpo que se deseja preservar. O ser humano vislumbra a possibilidade de agir no sentido de favorecer a impressionante preservação da vida.

É inimaginável o que a conquista do conhecimento pode proporcionar ao corpo humano ou à própria parte corpórea da vida. Estamos falando de curas e intervenções na qualidade e eficácia reprodutiva. Os seres humanos poderão eliminar tendências para doenças desde o nascimento; será possível intensificar sensações ou abrandá-las e muitas outras maravilhas que possamos imaginar.

No entanto, a mais incrível descoberta será a da alma. No passado, a física newtoniana já conceituara um universo de tempo e espaço exatos que veio a ser repensado pela descoberta da relatividade. Quanto mais precisos e invasivos nossos olhos foram ficando para o cosmos, e à medida que a matemática foi se tornando mais conceitual, mais impressionante foi a complexidade com que a realidade se mostrou. O mesmo está para acontecer com a biologia.

O Projeto Genoma Humano vai aos poucos mostrar algo que já se insinua nas conjecturas biológicas. Trata-se de uma observação curiosa. Durante a duplicação do DNA, um grande número de erros é produzido. Estes enganos ou fracassos na esfera do "projeto" têm sido matéria de grande interesse e especulação. Como é possível que uma estrutura de tamanha perfeição e complexidade possa acarretar erros que, à primeira vista, parecem grosseiros?

Qualquer tentativa de resposta a esta questão hoje talvez se mostre tão "sábia" como identificar a forma de nosso planeta antes dos primeiros indícios de que era redondo. No entanto, há uma ideia que sugere um processo semelhante à compreensão que a relatividade trouxe para a física. A citologista Miriam Stampfer afirma:

> Ao refletirmos sobre o material codificante, o DNA, somos
> levados a pensar que a solução que se mostrou mais eficiente para

a natureza (dadas as limitações presentes nos elementos básicos do mundo físico) foi não utilizar um material que fosse sempre constante, estável e livre de erros. Muito pelo contrário: a estratégia parece ser a de permitir um razoável nível de erros, enquanto paralelamente se engendra um mecanismo de reconhecimento e reparo de erros extremamente eficiente.

O Projeto Genoma Humano não vai mapear o ser humano e sim *revelar* o corpo humano. Mas, por não dar conta do ser humano, proporá a existência de um "outro" material, que é imaterial. Uma outra informação está presente na célula, mas livre da obrigação, do mandamento de reproduzir. Sua "preocupação" é desafiar o *status quo* deste corpo e errar. Sua transgressão avilta este corpo, e o reproduz diferente do que inicialmente era. Essa informação não é química, mas é o pano de fundo para toda a química. A materialidade é transgressora das próprias leis que originou.

Por exclusão, o Projeto Genoma Humano irá mapear a alma. Ela será reconhecida como uma química desviante, reprodutora de erro e de desobediência às regras. Descobriremos então certas "descontinuidades" na biologia que a física já reconhece no universo cósmico. Nas últimas décadas, maravilhados e surpreendidos por suas descobertas, os físicos ousaram falar da não ilogicidade do conceito de D'us. Em breve, os biólogos escreverão livros calcados nas lacunas da informação matricial humana e se aproximarão da noção de alma.

A teoria bíblica terá então se mostrado um mapeamento bastante aproximado da natureza humana. Seu mandamento maior é cumprir as funções que preservam a vida e a multiplicam. Mas a informação que nos constitui parece também conhecer o que não deve ser feito e utiliza essa "consciência" para obedecer ou desobedecer. O erro deliberado é o livre-arbítrio que permite não apenas cumprir ordens e instruções, mas, se for o caso, rompê-las.

Os cientistas estão eufóricos com os caminhos que se descortinam, pois aos poucos vão se tornando os heróis do resgate da semente. O sonho humano de ter sua semente garantida é, no entanto, apenas parte de nossa tarefa. Que eles não se esqueçam de que um *establishment*, uma tradição cientificista, será também atormentado por traições. As traições serão importantes, já que nem sempre a melhor solução para a sociedade em determinada época é a melhor forma de autopreservação. Talvez o uso indevido das informações para produzir obediência aos desejos humanos de saúde e preservação imediata venha a acarretar perigos para a sobrevivência futura. Uma sobrevivência que depende dos erros, das transgressões que, ingênua e presunçosamente, venhamos a "consertar".

O certo é que estamos apenas engatinhando na consciência que temos de nossa tarefa neste mundo. Compreenderemos lentamente que nossa missão não é somente a reprodução, mas a mutação deliberada. Uma mutação que nos obriga a ser o que não somos e que nos retira de um corpo e nos leva a outro.

Acredito, como a ciência, que vamos saber. Como no mito da Árvore da Sabedoria, a nós será revelado o genoma e outros grandes segredos. Veremos nosso corpo de modo cristalino. Desenharemos este corpo com mais perfeição ainda do que nos belos esquemas gráficos de hoje, que nos mostram esqueletos, órgãos e sistemas circulatórios com precisão. Veremos as engrenagens da matéria e da corporalidade. Mas, como no mito, não alcançaremos a imortalidade. Esta é prerrogativa da interação entre o que é instrução trazida do passado e instrução trazida do futuro – o erro e a transgressão. Ao revelar o passado, produzimos o saber e suas benesses, mas não a imortalidade. Para tal teríamos de dominar o erro, vencer a experiência e viver o futuro no presente. Esta condição não nos pertence e nos dissolvemos nesse nó de naturezas. Mas tudo isso é apenas um devaneio.

A religião terá previsto. A psicanálise, apontado. Mas a biologia é que descobrirá a alma. Não uma alma boazinha, mas uma alma profundamente imoral.

O lugar dessa alma imoral está plantado nos interstícios de nossas instruções matriciais. Ela é o instrumento através do qual a informação, a química e o organismo produzem a si mesmos. Sêmen da criação, talvez seja esta a semente que tão desesperadamente tentamos disseminar.

Impressão e Acabamento:
BMF GRÁFICA E EDITORA